MEISTERHAFTE BÄNDIGUNG

EIN REVERSE HAREM BDSM-ROMAN

IHRE HERREN & MEISTER
BUCH EINS

INES JOHNSON

Übersetzt von
SONJA LUISE HERBERTH

Erste Ausgabe September 2021

„Man hat uns gerade eins reingewürgt." Mit einem lauten Knall schlug ich den Laptop zu. Aber nicht bevor ein letzter, lustvoller Seufzer aus den Lautsprechern gedrungen war. Zum Glück hatte ich meine Ohrstöpsel drin und war somit die Einzige, die den orgasmischen Seufzer von Little Morningstar hatte hören können, als Master Xfinity ihre Arme mit einem komplizierten Knotenmuster hinter ihrem Rücken zusammengebunden hatte – ein Entkommen war unmöglich.

Mein Herz raste bei dem Gedanken, dass ich während der Arbeit beim Anschauen von Pornos erwischt worden war. Doch Shibari als Porno zu bezeichnen, wäre frevelhaft. Die schöne Kunst, Menschen mit Knoten zu fesseln, war, nun ja, eine Kunst.

Es war beinahe meditativ zu beobachten, wie ein Mensch peu à peu und aus freien Stücken die Kontrolle über seinen Körper abgab. Die Welt verschwand, wenn er die Augen schloss und sich in der Geschicklichkeit des Fessel-Künstlers verlor. Ein Gefühl der Freiheit lag dann auf seinen entspannten Zügen. Die einzige Entscheidung, die er treffen

musste, war, ob er seufzen oder seine Ekstase laut heraus-
stöhnen sollte.

Es sah aus wie der Himmel auf Erden.

Aber gut, es wurde zum Porno, als Master Xfinity seinen
Schwanz herausholte und ihn in die triefend nasse Möse von
Little Morningstar schob. Er hatte über eine Stunde
gebraucht, um sie zu fesseln. Sie und ich zappelten beide vor
Vorfreude auf das, was noch kommen würde.

„Die Brookings Corp. stellt lächerliche Forderungen bei
diesem Deal."

Ich zog die Ohrstöpsel heraus und blinzelte ein paarmal.
Dann blicke ich in das Gesicht meines Chefs. Lester Porter
III starrte auf den Golfball in seinen Händen und drückte ihn
zusammen, als wäre er ein Stressball, der jedoch niemals
nachgeben würde.

Ich hätte mir keine Sorgen machen müssen, dass er
bemerkt haben könnte, was ich da tat. Er schaute weder auf
mich noch auf meinen Computer. Was bedeutete, dass er
nicht bemerkt hatte, wie ich einem Mann zugesehen hatte,
der eine Frau gefesselt und dann in sie hineingestoßen hatte,
als die Knoten und ihre Unterwerfung ihn hart gemacht
hatten.

Das war gut. Sehr gut.

Aber dann wiederholte ich seine Worte noch einmal im
Geiste. *Brookings. Lächerliche Forderungen. Deal.*

Lächerlich war, dass Lester dachte, Brookings würde
einen Deal mit ihm eingehen wollen. Das taten sie nicht. Was
sie taten, war genau genommen eine feindliche Übernahme
von Lesters Familienunternehmen. Eine feindliche Übernahme liegt vor, wenn sich die Eigentümer, deren Unternehmen übernommen werden soll, dagegen wehren. Lester
wusste allerdings nicht, was vor sich ging.

„Wir müssen ihnen noch heute etwas zusenden, das sich
‚Außenstände unserer Konten' nennt."

Wenn Lester *wir* sagte, meinte er eigentlich *Sie*. Er wollte sich nie mit etwas belasten und war dadurch niemals gestresst. Weil er alles auf mich abwälzte, damit ich mich damit belastete.

Aber gut, das war schon okay. Der einzige Grund, warum diese Firma seit zwei Jahren erfolgreich war und die Aufmerksamkeit eines Milliarden-Dollar-Unternehmens wie Brookings auf sich gezogen hatte, war, dass ich besagte Konten in die Gewinnzone geführt hatte. In der Zwischenzeit machte Lester jeden Nachmittag früh Feierabend, um eine Runde Golf zu spielen.

„Keine Sorge", erwiderte ich, zog die Akten näher zu mir und legte sie auf meinen geschlossenen Laptop. „Ich habe mich bereits darum gekümmert."

„Haben Sie das?" Lester hielt inne und sich den Schläger ans Herz, froh über die Aussicht, dass er es doch noch zum Golfplatz schaffen würde.

Als ob es daran einen Zweifel gegeben hätte. Ich war diejenige, die hier die Überstunden machte. Ich war diejenige, die alle Berichte erstellte. Ich war diejenige, die seine und meine Arbeit erledigte. Gott sei Dank war es eine Zwei-Personen-Firma, sonst hätte ich das Arbeitspensum nicht bewältigen können.

Aber um ehrlich zu sein, hätte ich die Arbeit eines weiteren Mitarbeiters ebenfalls übernommen. Ich brauchte diesen Job. Wenn ich ihn verlieren würde, hätte ich nichts. Kein Einkommen. Keine Perspektiven. Zumindest keine Nennenswerten. Nicht mit meinem Abschluss von einem unbedeutenden College, wo andere Ivy League-Diplome zu bieten hatten. Und einen Schwanz. Ich hatte weder das eine noch das andere.

Ich hatte hier zunächst als Aushilfe begonnen und dann den Job in eine Vollzeitstelle umwandeln können, weil niemand sonst Lesters Arbeitsmoral hinnehmen wollte.

Oder dass er eigentlich überhaupt nicht arbeitete. Außerdem war da noch der nicht unerhebliche Faktor, dass die Firma Geld verlor und vor zwei Jahren kurz vor dem Bankrott gestanden hatte. Aber das hatte ich alles überwunden. Hoffentlich würden die Manager von Brookings das sehen, wenn sie ihre Übernahme abgeschlossen hätten, und mich übernehmen.

Letztendlich hatte er also recht. *Wir* hatten ein Problem. Aber *ich* war die Einzige, die es lösen musste. Und das hatte ich bereits.

„Es ist toll, dass wir mit Brookings fusionieren. Die ganze Zeit, die ich im Büro verbracht habe, hat mein Golfspiel stark beeinträchtigt."

„Wir werden nicht fusionieren, Lester. Sie wollen uns übernehmen."

„Das ist dasselbe."

„Nein, es ist nicht dasselbe. Es ist etwas Anderes. Wenn wir mit Brookings fusionieren würden, dann würden wir unsere Kräfte bündeln und ein neues Unternehmen gründen."

„Wie in der *Justice League*."

Ich selbst war ein Marvel-Fan und mochte die Avengers. Aber egal. „Ja, aber das ist nicht das, was hier passiert. Brookings wird uns übernehmen. Was bedeutet, dass Paul Brooks uns beide loswerden könnte, wenn es bei meiner – ich meine Ihrer – Präsentation morgen nicht gut läuft."

„Sie werden alle meine Notizen für morgen fertig haben?"

„Natürlich", erwiderte ich, als ich ihn zur Tür begleitete.

Alles hing von der Präsentation ab, die Lester morgen über die Solvabilität des Unternehmens halten musste. Ich hatte die Berichte verfasst, die PowerPoint-Präsentation erstellt und sogar detailliert aufgeschrieben, was er zu sagen hatte – wobei ich einige der Fremdwörter wie *incentivieren* phonetisch buchstabiert hatte, damit er es richtig aussprechen würde.

„Ich habe mich um alles gekümmert", versicherte ich ihm. Und jetzt wollte ich mir nur eine kurze Pause gönnen, indem ich mir über das Firmen-WLAN ein wenig Kunst anschaute. Mit dem Hotspot meines Telefons konnte ich diese Auflösung zu Hause nicht erreichen.

„Du bist ein Schatz, Maree. Ich wüsste nicht, was ich ohne dich täte."

Ich lächelte und hielt den Mund. Als die Tür zugefallen und ich sicher war, dass er nicht zurückkehren würde, schob ich den Papierkram beiseite. Es war alles fertig. Ich würde morgen früher kommen und alles vor der Besprechung noch einmal durchgehen. Was ich jetzt brauchte, war eine Pause. Das Einzige, was meinen Verstand davon abhalten könnte, im Schleudergang zu laufen, war …

Little Morningstar beendete gerade ihr Stöhnen, als ich den Deckel meines Laptops anhob. Ihre Augen rollten vor Ekstase nach hinten, als Master Xfinity sie zum Höhepunkt brachte. Mein Blick fiel auf die Knoten, die ihre Arme im Lendenbereich festhielten.

Ich war noch nie hilflos gewesen. Keinen einzigen Tag in meinem Leben. Ich hatte abwesende Eltern gehabt, die beide drei Jobs gehabt hatten, um ein schäbiges Dach über unseren Köpfen und billige Konserven auf den Tisch zu bekommen. Alles, was ich kannte, war Kampf und endlose, harte Arbeit. Aber wenn ich die Augen schloss, träumte ich davon, dass ich für einen einzigen Moment meine Hände auf den Rücken legen könnte und nichts tun müsste.

Little Morningstar lag mit dem Gesicht nach unten auf dem Bett. Sie hatte nichts Anderes zu tun, als dort gefesselt zu liegen und die Züchtigung durch ihren Master zu genießen.

Es war reine Fantasie. Das wusste ich. Als moderne,

karrierebewusste Frau würde ich das niemals haben können. Ich sollte es mir noch nicht einmal wünschen. Deshalb behielt ich meine Sehnsüchte für mich.

Die gefesselte Sub in dem Video teilte meine Meinung nicht. Sie schrie ihren nächsten Höhepunkt hinaus. Der Schrei hallte in meinem kleinen Büro wider. Er war so laut, dass ich das Klopfen an der offenen Tür überhörte.

Ich blickte irgendwann doch auf und sah einen Mann dort stehen. Aber nicht irgendeinen Mann. Es war Harrison Ford. Und zwar nicht irgendein Harrison Ford. Es war der junge Harrison aus dem Film *Die Waffen der Frauen*, mit einem teuren Anzug und einer dunklen, schön gemusterten Krawatte, die aussah, als könnte man damit eine unanständige Karrierefrau ordentlich festbinden.

Er hob eine Augenbraue.

Und da fiel mir auf, dass mein Laptop noch offen war. Das Klatschen der Hüften von Master Xfinity, der in seine Sub stieß, war laut und deutlich zu hören. Ganz zu schweigen von Little Morningstars ekstatischem Stöhnen, das aus meinen kleinen Laptop-Stereo-Lautsprechern drang.

„Das ist Werbung", sagte ich und klappte den Laptop zu. Leider konnte man noch die letzten Worte der Sub hören, bevor er ganz geschlossen war. Und die lauteten *Ja, ich bin deine gute kleine Sklavin, Master*

Die andere Augenbraue des jungen Harrison Ford hob sich, um sich zu der ersten zu gesellen.

Ich stand auf und streifte meinen Business-Rock aus dem Secondhand-Laden glatt. Ich hatte ihn selbst gesäumt und geflickt. „Kann ich Ihnen helfen?"

„Ich bin auf der Suche nach Lester Porter."

Harrison Ford hatte eine tiefere Stimme als Master Xfinity. Und seine Krawatte dieselbe Farbe wie das Seil, mit dem Master Xfinity seine Sub gefesselt hatte. Mein Gehirn arbeitete auf Hochtouren.

„Er ist … Mr. Porter ist … in einer Besprechung."

Harrison Ford ließe seine beiden perfekt geformten Augenbrauen wieder sinken. Sein Gesichtsausdruck erinnerte mich an den von Master Xfinity, wenn Little Morningstar sich danebenbenommen hatte und er sie bestrafen musste. Oh Mann, woher wusste dieser Typ, dass die meisten meiner Bondage-Fantasien Harrison Ford in seiner Rolle des Jack Trainer in *Die Waffen der Frauen* enthielten? Ich wünschte mir, dass er seine Krawatte abnahm, meine Hände fesselte, mich über den Schreibtisch legte und mit mir verschmolz.

Seine Lippen zuckten, als würde er genau das tun wollen. Er betrat das Büro nicht, sondern machte einen Schritt nach hinten.

„Das ist schade. Ich hatte gehofft, Mr. Porter vor der morgigen Sitzung zu sehen."

„Morgen? Sind Sie von Brookings?"

„Ich *bin* Brookings. Mein Name ist Paul Brooks."

Ich schluckte und hätte beinahe angefangen zu hyperventilieren, genau wie Tess McGill aus *Die Waffen der Frauen*, als sie herausfand, wie viel das kleine schwarze Cocktailkleid ihrer Chefin gekostet hatte. Eine der wichtigsten Lektionen, die ich während meines Studiums gelernt hatte, war, dass der erste Eindruck immer der Wichtigste ist.

Da stand ich nun vor Paul Brooks, dem Mann, der meine Träume als berufstätige Frau hätte wahr werden lassen können. Sein erster Eindruck von mir bestand darin, dass ich ein Perversling war, der sich auf Kosten der Firma Pornos ansah.

Toll. Ich hatte keine Chance mehr, von Brookings übernommen zu werden. Bald würde ich mich also wieder arbeitslos melden müssen.

2

„Ich werde gefeuert werden", stöhnte ich, aber nicht auf eine sexy Art und Weise.

„So schlimm kann es doch nicht gewesen sein", erwiderte Kellie und tätschelte mir die Schulter. Allerdings fühlte sich ihr Schulterklopfen eher so an, als würde ein Linebacker einem anderen Football-Spieler in der Umkleidekabine ein gutes Spiel wünschen.

„Eine Frau lag gefesselt da und wurde von hinten genommen", erklärte ich die Szene zwischen Little Morningstar und Master Xfinity.

Daraufhin folgte eine lange, nachdenkliche Stille. Von Kellies und meiner Seite, denn um uns herum steppte der Bär. Die Bar in Washington, DC, in der Nähe des Smithsonian Institutes, war brechend voll. In dieser mischten sich die politischen Lakaien unter die Künstler, und das gesamte Etablissement machte einen auf *Laissez-faire*. Aber die Getränkepreise sorgten dafür, dass die Unterschicht draußen blieb. Allerdings hatte *ich* mich nicht davon abschrecken lassen und war trotzdem gekommen.

„Wenigstens war es kein Auspeitschen", mischte sich

meine andere beste Freundin Josie ein und spielte mit den Trägern ihres Tops.

„Oder Aufhängen", fügte Kellie hinzu und spielte mit einer Haarsträhne. „Mann, wir stehen wirklich auf ganz schön perverse Sachen."

„Na ja, du und ich *machen* die ja tatsächlich auch. Maree schaut sie sich nur im Internet an."

„Hast du dir die Männer hier angesehen?", fragte ich und deutete auf die übermäßig gestylten Typen am einen Ende der Bar und diejenigen mit Man Buns am anderen. „Ich traue keinem dieser Männer zu, mich zum Abendessen einzuladen, geschweige denn, mich zu fesseln und mir einen Orgasmus zu bescheren. Die meisten können doch nicht einmal ihr Auto ohne eine App finden. Oder nehmen gleich Uber."

Beide Frauen erhoben daraufhin ihre Gläser.

„Deshalb gehe ich nicht aus", sagte Kellie. „Ich hole mir meinen Kicks nur im Club."

„Du meinst deine Knoten", korrigierte ich sie.

Genau wie ich war auch Kellie ein Fan von Seil-Bondage. Wir waren zusammen bei den Pfadfindern gewesen und hatten uns angefreundet, als wir gelernt hatten, Knoten zu knüpfen. Wir konnten das besser als jeder andere Pfadfinder. Frag nicht, woher ich mir da so sicher war.

Bis zum College hatten wir nicht gewusst, dass Seile und Knoten ein Fetisch sein können. Aber während Kellie losgezogen war und sich von Typen fesseln und mit Seilen hatte aufhängen lassen, hatte ich nie den Mut gehabt, mich in derartige Situationen zu begeben. Ich war nicht bereit, so viel Kontrolle über mein Leben abzugeben.

„Ich sage dir, Süße, versuch es endlich", drängte Kellie. „Wenn du einmal so in der Luft hängst, wirst du nie wieder herunterkommen wollen."

„Nur wirst du das unweigerlich irgendwann tun", meinte Josie. „Und wenn du das tust, wird dich der Typ, der dich gefesselt hat, bitten, in seinem polyamoren Harem zu leben, da er ein Dutzend Freundinnen hat."

Die meisten jungen Frauen auf dem College hatten ihre Heirat geplant, Josie jedoch war in die Polyamorie gestolpert. Sie hatte zwei Freunde, die jeweils zwei Freundinnen hatten. Und die ganze Truppe hatte viele – sagen wir mal – gemeinsame Übernachtungen.

Die meisten Mädchen in meinem Studentenwohnheim hatten über männliche Kommilitonen und Make-up reden wollen. Wir drei hatten schon immer über Sex gesprochen. Vor allem Kellie, die sich schon in der High-School mit diesem Phänomen beschäftigt hatte. Sie machte gerade ihren Doktor in Soziologie, mit dem Schwerpunkt Gender, Sex und abweichende Lebensentwürfe. Ihr Dissertationsthema war eine Studie über die Machtdynamik im BDSM-Lifestyle, und sie nahm ihre Datenerhebung sehr ernst. Daher war Sex in all seinen Facetten oft das einzige Gesprächsthema.

„Deshalb gehe ich nicht aus", wiederholte Kellie. „Ich brauche nur den Club."

„Ich auch", sagte Josie. „Ich kann mir nicht vorstellen, mit jemandem auszugehen, von dem ich mir den Rücken auspeitschen lasse. Die Machtkämpfe wären furchtbar."

Hier saßen wir nun, und meine beiden besten Freundinnen sprachen darüber, was sie mit einem Mann anstellen würden und was nicht. Und ich konnte meinen Chef nicht einmal dazu bringen, eine Tabellenkalkulation zu erstellen. Und zwar deshalb, weil Lester dachte, er könne eine Tabelle einfach in Microsoft Word zeichnen, das jedoch keine Rechenfunktion bot.

„Vielleicht ist es so am besten", sagte Josie und wandte ihre Aufmerksamkeit wieder meinem beruflichen Thema zu. „Du bist für diesen Job überqualifiziert, und du machst die ganze Arbeit. Wenn du entlassen wirst, bricht die Firma zusammen."

Das stimmte. Nur wollte ich nicht entlassen werden. Ich hatte das Unternehmen nach einer Beinahe-Insolvenz wieder aufgebaut. Ich wusste, dass ich die Lorbeeren dafür nicht ernten würde. Ich wollte sie auch nicht. Ich wollte nur in die oberste Liga.

Brookings *war* die oberste Liga. Ich wollte in einem Unternehmen wie diesem arbeiten, das auf Fusionen und Übernahmen spezialisiert war. Das war mein Berufswunsch, seit ich den Film *Die Waffen der Frauen* gesehen hatte.

Gut, ich wollte nur eine Garderobe wie Tess' Chefin Katherine Parker haben. Und ich wollte, dass ein Harrison Ford sieht, wie brillant ich bin, sich aber trotzdem in mich verliebt, weil ich noch dazu hübsch bin. Paul Brooks hatte eine ähnliche Ausstrahlung wie Jack Trainer. Nur arbeiteten wir im wirklichen Leben nicht so zusammen wie er und Tess im Film. Er hatte sich nicht in mich verliebt, weil er mich mit einer ebenbürtigen Kollegin verwechselt hatte. Er hatte mich bereits als Perversling abgestempelt, die sich im Büro Pornos ansah.

„Weißt du, das hier hat das Zeug zu einer großen Romanze." Josie war eine unverbesserliche Romantikerin, auch wenn sie sich geschworen hatte, sich nie wieder in einen Dom zu verlieben. „Wenn er doch nur darüber gelacht hätte, als er den Porno gehört hatte."

„Es war kein Porno", erwiderte ich. „Es war Kunst."

„Er hat nicht einmal versucht, dich anzumachen?", fragte Kellie.

„Vielleicht ist er schwul", vermutete Josie.

„Ich werde mich nicht mit meinem neuen Chef verabreden."

Auch wenn er genau mein Typ war. Besonders mit dieser Krawatte. Ich stellte mir vor, wie er sie um meine Handgelenke band. Ich würde ihn anflehen, sie fester zu ziehen, während er den Reißverschluss seiner Hose öffnete, mich über den Tisch beugte und …

Ich schüttelte mich innerlich und kehrte wieder ins Hier und Jetzt zurück. „Vielleicht ist er morgen früh gar nicht mehr mein Chef."

„Dann kannst du jetzt nichts mehr tun", sagte Kellie. „Komm dieses Wochenende mit uns in den Club. Das wird dich von allem ablenken."

Der Gedanke reizte mich, wie immer. Aber ich hatte mich nie dazu durchringen können, Ja zu sagen. Ich wollte gefesselt werden. Dafür müsste ich die Kontrolle abgeben. Ich würde jedoch nie dafür bereit sein. Also sah ich mir das weiterhin nur an. Hoffentlich würde ich einen Hotspot finden, der näher an meiner billigen Wohnung lag.

„Nein, ich muss nach Hause gehen und dafür sorgen, dass mit der Präsentation alles passt", erwiderte ich. „Vielleicht kann ich meinen Job ja doch noch retten."

„Du wirst ihn retten", bestärkte Josie mich. „Weil du ein verdammter Rockstar bist."

„Du bist der wahre Boss dieser Firma", sagte Kellie.

„Ihr seid die Besten!" Ich schlang einen Arm um beide und drückte sie fest an mich. Dann stand ich auf.

Auf dem Heimweg atmete ich die schwüle Nachtluft von DC ein. Die Stadt war auf einem Sumpfgebiet erbaut worden, und Mutter Natur ließ uns das in den warmen Sommermonaten nicht vergessen. Eine Hitzewelle begrüßte mich, als ich meine Wohnung betrat. Die Klimaanlage funktionierte immer nur ein paar Stunden am Stück. Ich versuchte, sie nur nachts anzumachen. Das bedeutete, dass ich ein paar Stunden würde warten müssen, bis sie ansprang.

Ich nahm eine kalte Dusche, und das erfrischte mich ein wenig. Als ich meinen Laptop aufklappte, erlebte ich eine Überraschung. Das Video, das ich mir auf der Arbeit angesehen hatte, war auf meine Festplatte heruntergeladen worden. Ich schob die Wiedergabetaste zurück an den Anfang.

Auf dem Bildschirm wurden die Knoten um die Arme von Little Morningstar geknüpft. Je fester diese Knoten wurden, desto mehr spürte ich die drückende Hitze in meiner Wohnung. Ich schaute weiter, bis wenigstens ihre Arme gefesselt waren.

Ein kühlendes Rinnsal lief mir über den Rücken, aber ich verspürte diesmal keinen Nervenkitzel, als ich Master Xfinity bei seinem Fesselritual zusah. Also schloss ich stattdessen die Augen und stellte mir vor, wie Paul Brooks seine Krawatte um meine Handgelenke wickelte. Diese Vorstellung erregte mich die ganze Nacht lang.

3

Meine Absätze klapperten auf dem Marmorboden, als ich am nächsten Morgen die Brookings Corp. betrat. Es waren die Schuhe meiner Mutter. Das teuerste Paar, das sie besaß. Ich zog sie nur zu besonderen Anlässen an – zum Beispiel, als ich meinen High-School-Abschluss gemacht hatte. Dann am College und schließlich, als ich mich für den Job bei Lester beworben hatte.

Vielleicht würde ich gar nicht in diesem Unternehmen arbeiten und mich um eine andere Stelle bewerben müssen. Aber wenigstens könnte ich bei dieser Präsentation zeigen, was ich draufhatte. Mit festen Schritten ging ich zum Aufzug, begleitet von dem Klack-Klack meiner Schuhe auf dem Marmor.

Ich würde Lester lediglich den Laserpointer in die Hand drücken können, da wir keine Zeit mehr hatten, das Ganze noch einmal durchzugehen. Er war spät dran, und wenn er es vermasselte, würde keiner von uns beiden überleben.

Ich wurde in einen majestätischen Konferenzraum geführt, der sich wie ein Stadion anfühlte. Wenn ich *Hallo*

15

flüsterte, würde das Wort an dem langen Tisch widerhallen und vermutlich zu mir zurückgeworfen werden. Aber ich war nicht hier, um den Raum zu bewundern. Ich musste uns auf das Duell mit Paul Brooks vorbereiten, der dafür berüchtigt war, kleinere Unternehmen aufzukaufen und sie sich als Ganzes einzuverleiben.

Ich öffnete meine abgenutzte Aktentasche und verteilte die ausgedruckte Version der Präsentation an jedem Platz. Dann lud ich die PowerPoint-Datei von meinem USB-Stick in das System der Firma hoch. Ich klickte mich durch ein paar Folien und nahm in letzter Minute noch ein paar Änderungen daran vor.

In der Präsentation zählte ich die Stärken von Lesters Unternehmen, die erzielten Gewinne und die Finanzprognosen auf. Auf dem Papier sahen wir stark aus. Ich hoffte nur, dass dies ausreichte, um die Übernahme freundlich und nicht feindlich zu gestalten. Eine feindliche Übernahme bedeutet in der Regel, dass das Management entlassen wird. Wir mussten den Führungskräften von Brookings zeigen, dass es Synergien zwischen unseren beiden Unternehmen geben könnte.

Das Wort *Synergien* buchstabierte ich für Lester phonetisch. Ich konnte mir gut vorstellen, dass Lester darüber stolpern könnte.

Dann überflog ich die restlichen Folien, um meine Arbeit noch einmal zu überprüfen. „Potenzial für erhebliche Umsatzsteigerungen … Niedrige Betriebskosten … Solide Prognosen. Wenn er all das, was ich ihm vorsetze, in der Luft zerreißt, dann verdienen wir eine feindliche Übernahme."

Hinter mir räusperte sich jemand. Es war ein vertrauter Laut. Mein Herz setzte einen Schlag aus, noch bevor ich mich umdrehte.

Und tatsächlich, Paul Brooks stand in der Tür. Oder

eigentlich lehnte er eher dagegen. Sein kühler Blick war auf meine Präsentation gerichtet.

Nun, zumindest war es kein Porno.

Mr. Brooks' Augen verließen den Präsentationsbildschirm. Es war die Notizenansicht mit all meinen phonetischen Hinweisen für Lester. Sein Blick wanderte dann zu den Unterlagen, die ich auf dem Tisch ausgebreitet hatte. Seine langen Finger blätterten durch die ersten paar Seiten.

Ich räusperte mich. Dann setzte ich mein professionellstes Lächeln auf. „Mr. Brooks, guten Morgen. Kann ich Ihnen einen Kaffee anbieten?"

Er lächelte nicht wirklich zurück. Die Art und Weise, wie sich seine Mundwinkel hoben, verriet mir, dass er mich durchschaut hatte, und dass ich diesem Mann nichts vormachen konnte.

„Nur, wenn Sie sich selbst ebenfalls einen holen", erwiderte er.

Ich war auf dem Weg zu der schicken Kaffeemaschine an einer Wand des Konferenzraums. Zwei Dinge ließen mich innehalten. Das Erste war der Klang seiner Stimme.

War sie neulich auch so tief gewesen? Der Mann klang wie ein Bär, der im Körper eines Geschäftsmannes gefangen ist. Seine Stimme durchströmte mich wie warmer Honig, und am liebsten hätte ich mir eine gemütliche Höhle gesucht.

Das Zweite, was mich stutzig machte, waren seine Worte. Sie hätten direkt aus *Die Waffen der Frauen* stammen können. Am Ende des Films sagt Tess, die endlich eine höhere Position und ihr eigenes Büro innehat, zu ihrer Sekretärin, sie solle ihr nur dann Kaffee bringen, wenn sie sich selbst auch welchen hole.

Aber nicht nur das. Mr. Brooks hatte bei seinen Worten auch meine Wünsche berücksichtigt. Hier stimmte etwas nicht. Das war mir noch nie bei einem Mann passiert.

„Es sei denn, Sie haben keine Lust auf Kaffee", sagte er in

die Stille hinein, die länger als gedauert hatte, als es ange-
nehm war.

„Doch, sehr." Meine Augen musterten den Mann
unverhohlen.

Sein Anzug war perfekt geschnitten. Er zeugte nicht nur
von finanzieller Stärke, sondern deutete auch diejenige unter
dem feinen Stoff an. In diesem Moment war ich viel mehr an
seinem Körper als an seiner Finanzkraft interessiert.

„Wie trinken Sie Ihren Kaffee, Sir?"

Mr. Brooks' Brauen hoben sich bei dem Wort *Sir*.
„Schwarz und stark."

„Ich auch."

Diesmal war es definitiv ein Lächeln, das seine Lippen
umspielte. Ein wissendes Lächeln. Als ob er darüber nach-
dächte, wie ich andere Getränke bevorzugte.

Aber Moment mal! Wollte ich etwa den Eindruck vermitteln, ich wolle ihn wie den Rand eines Martiniglases able-
cken? Nein, er sollte meine Intelligenz und meinen Wert als
potenzielle Mitarbeiterin erkennen. Was er jedoch vermutlich sah, war eine Frau, die wenig Respekt vor ihrem Chef
hatte und sich während der Arbeitszeit schmutzige Videos
ansah.

Bevor ich etwas Brillantes und Witziges von mir geben
konnte, betrat Lester den Raum. Ihm folgten ein paar weitere
Anzugträger. Alle in Hosen. Ich war die Einzige, die einen
Rock trug.

Ich machte mich an der Kaffeemaschine zu schaffen. Der
Smalltalk war in vollem Gange, als ich zu Mr. Brooks
zurückkehrte und ihm seinen Kaffee reichte. Seine Finger
berührten meine, und ich bekam einen leichten elektrischen
Schlag. Wieder blickte er mich an.

„Danke", sagte er. „Er ist perfekt."

Ich hatte keine Ahnung, warum mich das so erregte. Es

war nicht das erste Mal, dass ich jemandem Kaffee gemacht hatte.

„Ich hätte auch gerne eine Tasse", sagte ein anderer Mann.

Bevor ich mich umdrehen und tun konnte, was mir aufgetragen worden war, meldete sich Mr. Brooks erneut zu Wort.

„Haben Sie sich beim gestrigen Golfspiel verletzt, Jennings? Die Kaffeemaschine steht direkt hinter Ihnen. Wir sollten jedoch gleich anfangen. Was meinen Sie, Ms. Welch?"

Sein Blick war nicht auf mich gerichtet. Seine grauen Augen waren hart wie Stahl, während er den anderen Mann ansah. Mr. Brooks' Schultern waren durchgedrückt, angespannt, als wäre er bereit, ihn zu attackieren.

„Ich … Äh, ja", erwiderte ich. „Ja, Sir."

Mr. Brooks entspannte sich bei dem Wort *Sir* ein wenig. Ich hatte niemanden sonst diesen höflichen Ausdruck verwenden hören. Sie nannten ihn alle Mr. Brooks. Sie benutzten nicht einmal seinen Vornamen.

Ich drehte mich zu Lester um. Er saß auf einem Stuhl zwischen den anderen Brookings-Managern und grinste dümmlich. Ich ging zu ihm und reichte ihm den Laserpointer. Er blickte verwirrt zu mir auf. Dann schüttelte er sich und stand auf.

Ich trat an die Seite des Raumes, verschränkte die Hände hinter dem Rücken und kreuzte die Finger. In meinen Schuhen kreuzte ich die Zehen.

Lester fummelte mit dem Laserpointer herum und ließ ihn mit einem Klappern auf den Boden fallen. Ich löste meine gekreuzten Finger und Zehen und betete: *Bitte, Göttin im Himmel, lass es klappen!*

Als er das Ding wieder in der Hand hielt, klickte Lester. Und nichts geschah. Die Leute im Raum rutschten auf ihren Stühlen hin und her. Zum Glück hatte die Göttin mein

Flehen erhört. Lester klickte erneut, und die erste Folie erschien.

„Meine geschätzten Partner bei Brookings, wir begrüßen diese Fusion zwischen unseren beiden Unternehmen. Ganz klar haben wir dieselbe Vision."

Von da an ging es bergab.

Die Ansicht für den Redner war nicht mehr auf Lesters Computerbildschirm zu sehen. Auf welche Schaltfläche er auch immer versehentlich geklickt hatte, sie war verschwunden. Er sah nicht mehr die Notizen, die ich für ihn vorbereitet hatte. Noch schlimmer: Er improvisierte. Und Lester hatte keinen blassen Schimmer von den Vorgängen in seiner Firma.

„Mit Brookings als neuem Partner können wir unsere Betriebskosten deutlich erhöhen und damit unsere Gewinne senken."

Ein paar Lacher drangen aus den Mündern der Führungskräfte.

Mr. Brooks räusperte sich, und alle wurden still. Er richtete sich in seinem Stuhl auf, die breiten Schultern so kantig wie die Oberseite des Stuhls, auf dem er saß. „Mich würde interessieren, wie es mit den Gewinnen aussieht. Wo kann ich diese finden ... Ms. Welch?"

Als ich meinen Namen hörte, war das Einzige, was mich aufrecht hielt, die Wand. Ich legte eine Hand an meine Schläfe, um eine aufkommende Migräne abzuwehren. Dann drehte ich den Kopf und blickte in kühle, graue Augen, die mich erwartungsvoll ansahen.

„Ich ..." Ich räusperte mich. „In Ihren Unterlagen finden Sie die Zahlen auf Seite fünf, und auf den Seiten sechs und sieben folgen die Prognosen für das nächste Geschäftsjahr."

Das Geräusch von raschelndem Papier war alles, was im Raum zu hören war, als alle zu den genannten Seiten blätterten. Auch Lester.

Er hatte sich wieder hingesetzt und griff nach seinem Ausdruck. Ich versuchte, ihm zu signalisieren, dass er nicht hinsehen sollte. Das waren Dinge, die er eigentlich bereits wissen sollte. Aber Lester schenkte mir keine Beachtung. Er hob die Augenbrauen ebenso wie die anderen Manager, als sie meine akribisch berechneten Zahlen betrachteten.

Gut. Die Sache lief gut. Es sah so aus, als hätten wir eine Chance, an Bord zu bleiben.

„Und die exakten Betriebskosten?", fragte Mr. Brooks.

Lester blickte panisch von seinem Ausdruck auf, stellte dann aber fest, dass Mr. Brooks nicht ihn ansah. Er sah mich an.

Ich räusperte mich erneut. „Wenn Sie auf Seite vier zurückblättern, sehen Sie die bisherigen Betriebskosten. Auf den Seiten neun bis zehn finden Sie dann die Prognosen für eine synergetische Zusammenführung mit Brookings."

Mr. Brooks nickte und blätterte die Seiten durch. „Sie können mit der Präsentation fortfahren."

Lester griff nach dem Laserpointer, aber er war nicht mehr da, wo er ihn hingelegt hatte, als er zu seinem Platz zurückgekehrt war. Er lag jetzt in Mr. Brooks' Hand. Und Mr. Brooks' Hand war in meine Richtung ausgestreckt.

Ich spürte, wie sich meine Zehen in meine Schuhsohlen bohrten. Ich machte einen Schritt, und meine Absätze schlugen fest auf dem Marmorboden auf. Als ich Mr. Brooks den Laserpointer abnahm, zuckte ein weiterer Stromstoß durch meine Handfläche.

Er nickte mir zu und wandte dann seine Aufmerksamkeit dem Großbildschirm zu. Er lehnte sich in seinem Stuhl zurück, die Schultern gegen die Lehne gedrückt. Nicht ganz zusammengesunken, aber auch nicht so angespannt, als müsste er jeden Moment aufspringen.

Ich war mir nicht sicher, wie viel er mitbekommen hatte, als er in der Tür gestanden hatte. Die Tatsache, dass er da gewesen war, die Tatsache, dass er gesehen hatte, dass ich wusste, was ich tat, gab mir die Kraft weiterzumachen.

Ich erreichte das Ende der Präsentation. Ich erwartete Beifall. Alles, was ich erhielt, war ein Nicken des Firmenchefs.

„Vielen Dank, Ms. Welch", sagte Mr. Brooks. „Würden Sie uns bitte entschuldigen, während ich mit Ihrem Chef über die Zukunft seines Unternehmens spreche?"

Und das war's. Endlich hatte jemand gesehen, dass ich es draufhatte. Aber es war nicht gut genug gewesen.

4

Die Wartezeit war das Schlimmste.

Mein ganzer Körper kribbelte, während ich auf die geschlossene Tür des Konferenzraums starrte. Dahinter trafen andere Leute Entscheidungen über mein Leben. Ich hatte keine Kontrolle darüber.

Meine Schuhe klapperten auf dem Marmor. Das Ticken der Uhr konkurrierte mit dem Klacken meiner Power-Heels. Aber wenigstens waren meine Schritte weiterhin kraftvoll. Aber je mehr Zeit verstrich, desto langsamer wurden sie. Mit jeder Sekunde, die verging, schwand meine Kraft.

Wie hatte ich nur denken können, dass sich Paul Brooks von den anderen Männern in der Geschäftswelt unterschied? Ich war gut genug, um ihm Kaffee zu holen. Ich war gut genug, um ihm alle Details für seine Übernahme zu präsentieren. Aber wie alle Männer würde er mir meine Ideen klauen und sie als seine eigenen ausgeben. Und ich könnte von Glück reden, wenn ich am nächsten Morgen noch einen Job hätte.

Schließlich öffnete sich die Tür zum Konferenzraum. Lester war der Erste, der herauskam. Er war auch der

Einzige, der herauskam. Er sah benommen aus, als sich die Tür hinter ihm schloss.

Seine Verwirrung war ein gutes Zeichen. Er war nicht in Tränen aufgelöst, wie es bei einem anderen Treffen vor einem Jahr der Fall gewesen war. Vielleicht hatte Mr. Brooks beschlossen, uns weiter zu beschäftigen.

„Was ist passiert?"

Lester blinzelte ein paarmal. „Oh, Maree. Sie sind ja immer noch da."

„Natürlich bin ich noch hier. Was hat er gesagt? Wie hat Mr. Brooks entschieden?"

„Er bezahlt uns aus."

Er will uns ausbezahlen. Ich wartete darauf, dass Lester konkreter wurde, schließlich handelte es sich um eine Übernahme. Aber behielt Mr. Brooks unser Managementteam oder nicht? Hatte ich noch einen Job oder nicht?

„Das ist genug Geld, damit wir nie wieder arbeiten müssen."

Wir? Nur, dass Lester dieses Mal, als er *wir* sagte, mich nicht einschloss. Ich hatte keine finanzielle Beteiligung an der Firma. Was bedeutete, dass Brookings das Management-Team nicht übernehmen würde. Nicht, wenn es den Eigentümer ausbezahlen wollte.

„Es ist genug, um meinen Traum zu verwirklichen, Profigolfer zu werden."

Das war ein Albtraum für mich. Ich hatte auf ein kaputtes Unternehmen gesetzt. Das einzige Unternehmen, das mich und meinen Abschluss hatte haben wollen. Ich hatte die Firma vor den Augen der Oberen vor dem Verfall gerettet. Und jetzt war ich selbst dem Verfall geweiht.

„Wenn ich mich beeile, schaffe ich es noch zum Abschlag. Was soll das Stirnrunzeln, Maree? Das sind doch tolle Neuigkeiten."

Wie immer kapierte Lester überhaupt nichts. Ich

brauchte ihn nicht mehr zu beachten. Die Tür zum Konferenzraum öffnete sich wieder. Ich richtete meine Aufmerksamkeit auf die anderen Männer, die herauskamen. Sie alle wichen meinem Blick aus.

Stattdessen reichten sie Lester die Hand und klopften ihm auf die Schulter. Sie beglückwünschten ihn. Einige erklärten sich bereit, mit ihm einen Nachmittag lang Golf zu spielen. Andere machten sich sogleich mit Lester auf den Weg zum Ausgang, damit sie alle zum Golfplatz würden fahren können.

Das war's also. Meine einzige Chance, auf unterer Ebene bei Brookings einzusteigen und vielleicht nach oben zu kommen, war dahin. Jetzt würde ich wieder ganz von vorne anfangen müssen. Wahrscheinlich im Keller eines kleinen Ladens, wenn ich Glück hatte.

„Ms. Welch, kann ich Sie kurz sprechen?"

Paul Brooks' tiefe, bärige Stimme, die aus dem Konferenzraum drang, riss mich aus meinem Selbstmitleid. Bei dem Honigfluss, den sein Timbre auslöste, presste ich die Schenkel zusammen, als ich zurück in den Konferenzraum ging.

Mr. Brooks saß auf demselben Platz wie zuvor. Er war allein. Seine Schultern hingen herab, als hätte er schwere Arbeit geleistet, während ich nicht im Zimmer gewesen war. Er sah müde aus – ähnlich wie ich nach einem Tag, an dem ich mich mit Lester herumgeschlagen und alles erledigt hatte.

„Schließen Sie bitte die Tür hinter sich."

Nachdem ich das getan und mich umgedreht hatte, sah ich, wie Mr. Brooks seine Krawatte lockerte. Es war nicht dieselbe Krawatte wie gestern, aber dieser sehr ähnlich. Sie hatte den gleichen dicken Faden, der mich an die Textur eines Seils erinnerte.

Mr. Brooks sah schaute auf meine Füße, als die Tür zugeschlagen war. Sein Blick wanderte von meinen Schuhen meine Beine hinauf und blieb kurz bei meinen Brüsten stehen, bevor er mein Gesicht erreichte. War das jetzt der Punkt, an dem er mir ein unmoralisches Angebot machen würde, damit ich meinen Job behalten könnte? Wenn ja, warum ging ich dann so willig auf ihn zu?

„Mr. Brooks, ich arbeite seit zwei Jahren in diesem Unternehmen", hob ich an. „Ich war maßgeblich an seinem Wachstum und Fortschritt beteiligt. Sie können das deutlich an den Unterschieden in den Berichten der vergangenen zwei Jahre erkennen. Und vor allem daran, dass es keine Berichte von vor zwei Jahren gibt."

„Ihr Einfluss auf das Unternehmen ist ganz offensichtlich, Ms. Welch."

Ich blieb so plötzlich stehen, dass meine Schuhe vermutlich Bremsspuren auf dem Marmor hinterließen. „Wirklich?"

„Porter war total nutzlos. Er hatte kein Gespür fürs Geschäft. Eigentlich hat er gar nichts zu bieten."

Ein spöttisches Lachen drang aus meinem Mund. Ich hustete, um es zu verbergen, aber es war schon zu spät. Bei den nächsten Worten aus Mr. Brooks' Mund musste ich jedoch würgen.

„Ich habe Lester gehen lassen. Ich habe genug Leute auf meiner Gehaltsliste, die keinen eigenen Beitrag leisten – Treuhandfonds-Babys und Erbtrottel, deren Eltern sie auf die Geschäftswelt loslassen, damit sie Erfahrungen sammeln, bevor sie ihnen einen Jobtitel und die Schlüssel zu ihrem Familienunternehmen geben."

Mr. Brooks schaute zur Tür. Ein paar der Männer waren mit Lester zum Aufzug gegangen, um eine Runde Golf zu spielen. Es war noch nicht einmal Mittagszeit.

Mr. Brooks zupfte an den Manschettenknöpfen seiner Hemdsärmel. Seine Nägel waren gepflegt, die Haut aber nicht makellos. Ich sah Schwielen, die mir verrieten, dass er bis vor Kurzem noch keinen Silberlöffel in der Hand gehabt hatte.

„Ich bin ein Mann mit wenig Zeit und noch weniger Geduld.“

Das schien nicht der Fall zu sein. Er sprach und bewegte sich mit der Geduld eines großen Raubtiers. Beispielsweise wickelte er seine Krawatte nun langsam um die Finger und zog sie fest. Meine Augen verfolgten die Bewegung. Ich verspürte das Bedürfnis, meine Schenkel zusammenzupressen, weil sich dort ein Druck aufbaute. Ich durfte mich nicht zu diesem Mann hingezogen fühlen. Er war im Begriff, mich zu entlassen.

„Ich werde Ihre Zeit nicht verschwenden, Sir“, sagte ich. „Ich räume meinen Schreibtisch und bin heute Abend weg.“

„Ich möchte, dass Sie Ihren Schreibtisch räumen, Ms. Welch. Aber nur, weil Sie mit Ihren Sachen umziehen werden.“

„Wie bitte?“

„Ich schließe Ihr altes Büro. Sie werden in ein Neues ziehen.“

„Sie werden was tun?“

„Es sei denn, Sie haben ein anderes Angebot. Sagen Sie mir, von wem! Ich werde es verdreifachen.“

Mr. Brooks stand auf. Ich hatte vergessen, wie groß er war. Der Mann überragte mich, und ich fühlte mich klein. Ich musste mich ein paarmal räuspern, bevor ich ein Wort herausbrachte.

„Angebot?“, fragte ich. „Sie wollen mich hier haben? Um Ihre Sekretärin zu sein?“

„Nein, Ms. Welch. Ich möchte Sie in meinem Team für Fusionen und Übernahmen haben.“

Da gaben meine Knie nach. Ich sackte auf einen Stuhl.

Mr. Brooks wickelte seine Krawatte fester um seine Handfläche. Mein verwirrter Verstand säuselte mir zu, dass er mich damit fesseln und ruhighalten wollte, während er sich das nehmen würde, was ich verdiente. Konnte er nicht sehen, dass ich ihm auch ohne diese Fessel gehorchen würde? Aber verdammt, ich wollte, dass er mich festband.

Er öffnete seine Hand und ließ die Krawatte los. Sie hatte einen roten Abdruck auf seiner Haut hinterlassen. Er beobachtete mich, wie ich ihn beobachtete. Etwas huschte über sein Gesicht. Etwas Anerkennendes, das ich nicht einordnen konnte.

„Sie wollen mich?", fragte ich.

„Ja, das tue ich."

Ich räusperte mich und fragte erneut. „Sie wollen mich in Ihrem Team für Fusionen und Übernahmen?"

„Genau", erwiderte er. „Ich verlange nichts von Ihnen, was Sie nicht schon tun. Nur haben Sie jetzt den Jobtitel und das Prestige, das damit einhergeht. Ich glaube daran, dass diejenigen, die gute Arbeit leisten, belohnt werden sollten, Ms. Welch."

Das war es. Mein Traum von Tess McGill wurde wahr. Damit hätte ich nie gerechnet. Es hatte sich alles gelohnt.

„Ich danke Ihnen, Mr. Brooks. Ich werde Sie nicht enttäuschen."

„Ich glaube, das werden Sie nicht, Ms. Welch."

Ich konnte mir ein Grinsen nicht verkneifen. Ich würde ihm zeigen, dass ich den Job erledigen könnte. Ich würde jeden Job erledigen können, den er mir auftrug. „Ich kann hier alles wegräumen, damit Sie zum Abschlag gehen können."

„Ich hasse Golf", erwiderte er. „Kaffee holen und hinter anderen aufräumen ist nicht mehr Ihr Job. Jemand anderes wird das für Sie tun."

Ich glaube, ich hatte einen spontanen Orgasmus auf dem Stuhl des Konferenzraums. Den würde ich definitiv selbst aufräumen müssen.

„Wir sind uns sehr ähnlich, glaube ich. Sie machen alle Punkte über dem I und alle waagrechten Striche auf dem T. Bei Ihnen wird nichts dem Zufall überlassen, Ms. Welch."

„Ich glaube, Sie nennen mich höflich einen Kontrollfreak, Mr. Brooks."

„Sie werden jetzt in einem Team arbeiten. Sie werden einen Teil der Kontrolle abgeben müssen."

Ich atmete hörbar ein und presste die Lippen aufeinander. Ich hasste Teamarbeit. Aber ich wollte diesen Job. Verdammt, ich brauchte diesen Job.

„Ich freue mich darauf, ein Teamplayer zu werden, Sir."

Seine Nasenlöcher bebten. Er mochte es, wenn ich ihn *Sir* nannte. Sein Mundwinkel hob sich leicht, fast wie bei einem Grinsen. „Nur eine Sache, Ms. Welch: Keine Pornos während der Arbeitszeiten."

Damit erhob er sich mit seiner Krawatte und in seinem Maßanzug und verließ den Raum. Wenigstens hatte er die an einen Porno anmutende Pfütze nicht gesehen, die ich auf seinem Stuhl hinterlassen hatte. Das waren heute also zwei Siege für mich.

5

Als ich nach Hause kam, zog ich als Erstes meine Stöckelschuhe aus. Sie hatten ihre Aufgabe erfüllt. Wir drei hatten nicht nur die Präsentation gerockt, sondern die Schuhe hatten mir auch geholfen, die nächste Sprosse auf meiner Karriereleiter zu erklimmen. Ich war der neue Junior Executive für Fusionen und Übernahmen bei Brookings Corp.

Ich lief barfuß in meiner kleinen Wohnung hin und her und umschiffte gekonnt die Möbel. Dennoch stieß ich mir das Knie auf.

Aber das war mir egal. Mein Traum war nicht nur zum Greifen nahe, ich konnte ihn sogar mit den Fingerspitzen berühren. Ich hielt die Akten von Jackson and Roe Incorporated in Händen. Ich gehörte zu dem Team, das an der Fusion des Unternehmens arbeiten sollte. In nur wenigen Wochen würde ich in dem Raum sein, in dem es geschehen würde. Und ich würde niemandem einen Kaffee bringen.

Sofort begann mein Verstand, abertausende Listen zu erstellen. Außerhalb des Büros konnte ich jedoch nicht viel tun, da sich die Dateien im firmeninternen Intranet befanden und mein Internet heute Abend so langsam wie eine Schnecke war.

Ich wusste, dass ich mir keinen Stress wegen der Arbeit machen sollte. Es war Freitagabend, und ich hatte gerade die Beförderung meines Lebens erhalten. Ich sollte feiern gehen.

Ich griff nach meinem Handy. Als ich Kellie anrief, ging die Mailbox ran. Als ich es bei Josie versuchte, ebenfalls. Ich wusste, wo sie waren.

Ein Blick auf meinen Laptop bedeutete mir, dass eine Nacht, in der ich Master Xfinity dabei zusah, wie er Little Morningstar fesselte, auch nicht das Richtige sein würde. Vielleicht sollte ich in den Club gehen und mir holen, was ich wollte. Wenn nicht, könnte ich wenigstens mit meinen Mädels abhängen.

Ich schlüpfte wieder in meine Stöckelschuhe und verließ die Wohnung. Der Club war nur eine kurze Uber-Fahrt in die Innenstadt entfernt. Jetzt, wo ich ein Jahresgehalt hatte und nicht mehr stundenweise bezahlt wurde, konnte ich mir die Mitfahrgelegenheit leisten, die mehr kostete als die U-Bahn.

Ich stieg aus dem Wagen, und meine Absätze klackten auf dem Pflaster, wie es sich für eine Karrierefrau gehörte. Am Eingang des Clubs zeigte ich meinen Mitgliedsausweis, der sich noch in seinem Originalumschlag befand. Josie und Kellie hatten ihn für mich beantragt. Ich war noch immer jungfräulich, was diesen Club betraf. In dem Augenblick, in dem ich ihn betrat, geriet ich in meinen High-Heels ins Straucheln.

Das Erste, was ich sah, war Kellie, die an einem dreibeinigen Gerät hing. Sie trug nur ihre Unterwäsche – ein helles, gepunktetes Höschen und einen dazu passenden BH –, die in starkem Kontrast zu ihrer mokkafarbenen Haut stand. Der rechte BH-Träger war ihr von der Schulter gerutscht, und ihr Kopf nach hinten gefallen. Ihre Augen waren geschlossen, und ein Lächeln lag auf ihren Lippen, als ihr nicht nur einer, sondern gleich zwei Männer Fesseln anlegten.

Josie stand auf der anderen Seite des Raumes. Ihre Brüste waren unbedeckt, und ihre Brustwarzen hatten die gleiche Farbe wie die dunkelrosa Flecken, die ihre Schultern und Oberschenkel bedeckten. Ihr Rücken wölbte sich bei jedem Schlag der Peitsche. Die Peitschenhiebe kamen zweifach, denn jeweils ein Mann stand links und rechts von ihr.

Im Club spielten sich weitere Szenen ab. Mein Puls raste. Mein Mund wurde trocken. Das war zu viel für meine jahrelange zölibatäre Libido.

„Möchtest du spielen?“

Als ich als Kind allein vor dem Sandkasten gestanden hatte, hatten mich diese Worte begeistert. Diese Frage, die man mir nun als erwachsene Frau stellte, hatte genau dieselbe Wirkung. Mir wurde schwindlig, als ich mich umdrehte, denn ja, ich wollte spielen. Ich war heilfroh, dass ich nicht zu Hause geblieben war, um zu arbeiten. Ich wollte gerade meine zusammengesteckten Haare lösen, da sah ich mich einem kleinen Mann gegenüber, der einen Buckel hatte und dessen dunkles schwarzes Haar nicht zu seinen grauen Augenbrauen passte.

Ich wollte schon Nein sagen, hielt dann jedoch inne. Aus allen Richtungen hörte man lustvolles Stöhnen. Ein Mann musste nicht besonders gut aussehen, um einem Glückseligkeit zu vermitteln.

„Woran haben Sie gedacht?“, fragte ich.

„Ich möchte eine Windel anziehen, und Sie können mir den Hintern versohlen.“

Ich war kein Perversions-Verweigerer. Als ich Kellie bei ihrer Dissertation über die Schulter geschaut hatte, hatte ich gelesen, dass die Leute bei äußerst ausgefallenen Dingen geil werden. Ein Beispiel: Josie hatte einen lautstarken Orgasmus, während zwei Männer ihr die Seele aus dem Leib peitschten.

Allerdings war es so, dass ich niemandem etwas antun wollte. Ich wollte, dass mir etwas angetan wurde. Ich kam gerade von der Arbeit und hatte keine Lust, noch mehr zu rackern. Einem erwachsenen Mann den Hintern zu versohlen, klang nach ganz schön viel Arbeit.

„Tut mir leid, nein."

Er protestierte nicht, sondern nickte nur und ging zu einer anderen Frau. Diese betrachtete ihn ein paar Sekunden lang, lächelte und nickte dann. Die beiden verzogen sich in eine Ecke des Raumes.

Ich gönnte ihnen ihren Spaß.

Dann holte ich tief Luft. Der Geruch von Sex, Leder und Öl erfüllte meine Nasenlöcher. Das machte mich durstig.

Also ging ich zur Bar. Sie war nicht sehr voll, aber der Blick des Barkeepers war auf eine Frau gerichtet, deren Brüste aus ihrem Korsett quollen. Ich hob die Hand und meine Stimme, aber ich war uninteressant im Vergleich zu ihren Doppel-Ds.

„Ricardo, hier drüben!"

Sowohl der Barkeeper als auch die Frau mitsamt ihren Brüsten drehten sich zur Seite. Auch mir lief es bei dem lauten Befehl kalt den Rücken hinunter. Ich drehte mich um und schaute nach oben und dann noch weiter nach oben und sah etwas, das mir das Wasser im Mund zusammenlaufen ließ.

Mann, war ich durstig!

Der Mann, der vor mir stand und mich um Längen überragte, hatte die dunklen Locken und den kantigen Kiefer von Jamie Dornan. Nicht in *Fifty Shades of Gray*, wo er ein glatt rasierter Geschäftsmann war. Sondern aus seiner Zeit in der ersten Staffel von *Once Upon a Time – Es war einmal …*, als er einen schönen, ruppigen Bart hatte.

Er ließ eine Seilrolle mit einem dumpfen Schlag auf den Tresen fallen. Es war deshalb so laut gewesen, weil in der

Mitte des Seils mit Pelz umhüllte Handschellen steckten. Ich schlug die Beine übereinander, als ich sie betrachtete.

„Ich nehme einen Whiskey Sour", sagte er.

„Sofort, Master Kaiden", erwiderte Ricardo, kam herüber und begann, den Drink zu mixen.

Ich sah zu, wie die bernsteinfarbene Flüssigkeit in das Glas floss. Sie hatte die gleiche Farbe wie Master Kaidens Augen, die – als ich aufblickte – auf mich gerichtet waren.

„Was kann ich für dich tun, meine Schöne?"

„Mich?"

„Was würde dir gefallen?"

Seine Worte brachten mein Gehirn durcheinander. Ich war schon einmal als schön bezeichnet worden. Es war das Andere, das er gesagt hatte. *Was würde dir gefallen?*

Moment mal …

Oh nein, war er ein Handschellen-Fessler?

Mochte ich das?

Vielleicht? Ich würde nichts tun müssen. Doch der Gedanke, lediglich mit lahmen Handschellen gefesselt zu werden, machte mich nicht an.

„Soll ich für dich entscheiden?" Seine Stimme war wie das Schnurren einer Raubkatze. Seine Lippen und seine Zunge bewegten sich, und ich beobachtete sie, als wäre seine Zunge eine Flöte und ich eine Schlange, die verzaubert wurde. „Zum Trinken, meine Schöne. Möchtest du, dass ich entscheide, was du zu trinken bekommst?"

„Ja." Ich wusste nicht, woher diese Antwort kam, aber mir wurde schnell klar, dass es die Richtige war. Die Einzige, die ich zu geben hatte.

„Sie bekommt einen Wet Pussy, Ricardo."

Ist das ein Versprechen? dachte ich bei mir. Ricardo grinste, als ob er mich gehört hätte. Master Kaiden grinste ebenfalls, als ob er mich nicht nur gehört hätte, sondern es auch einlösen wollte.

So etwas machte mich normalerweise nicht an. Hätte ein anderer Mann so einen lahmen Spruch losgelassen, wäre ich abgehauen. Aber da der Satz von Master Kaidens Lippen gekommen war, lehnte ich mich zurück und war völlig verzaubert von seiner Melodie.

Er rückte nicht näher an mich heran. Er blieb auf seinem Hocker sitzen und stützte sein Kinn in die Hand, während er mich ansah. Sein Blick war durchdringend. Er blieb auf mich gerichtet, als ob er versuchte, meine Vergangenheit und meine Zukunft zu lesen, um mir ein Geschenk machen zu können.

„Sag mir deinen Namen."

„Maree."

„Bist du gekommen, um zu spielen, Maree?" Master Kaiden schob mein Getränk vor mich. Der Duft des süßen Amaretto-Likörs drang in meine Nasenlöcher und wanderte direkt in alle meine Lustzentren.

„Ich ... Ich bin gekommen, um zu feiern."

„Was hast du heute Tolles geschafft?"

„Ich bin befördert worden."

„Eine Karrierefrau, die die Karriereleiter hochklettert." Er grinste.

Und einfach so war ich ein Kind in der Grundschule, das ganz vorne saß und mit dem Finger wedelte, um zu zeigen, dass es die Antwort wusste, dass es sich vorbereitet hatte und dass es den goldenen Stern-Aufkleber bekommen sollte.

„Ich wette, du bist die Klügste im Büro, nicht wahr?"

Ich nickte.

„Ohne dich würde der Laden zusammenbrechen, nicht wahr?"

Ich zappelte auf meinem Hocker, wie damals in der Grundschule, als Mrs. Bellows mich nicht aufgerufen hatte, sondern diesen Idioten Joe Trainor, der mit sieben Jahren

Kleister gegessen und mit 17 immer noch einen Taschenrechner zum Multiplizieren gebraucht hatte.

„Ja“, sagte Master Kaiden. „Du bist genau mein Typ, Maree. Lass mich dir helfen, dich zu feiern. Komm und spiel mit mir.“

Da war sie wieder. Eine Einladung an die erwachsene Frau zu spielen. Im Gegensatz zu meiner ersten Einladung wusste ich, dass Master Kaiden erwachsene Spiele spielen wollte.

„Du bist zum ersten Mal in einem perversen Club, nicht wahr?“

„Ja.“

„Du bist der Typ Frau, der genau weiß, was er mag, nicht wahr, Maree?“

„Ich … Ja.“

„Sag es mir!“

Master Kaiden beugte sich vor. Aber er ließ mir immer noch genug Platz, um zu entkommen. Er stellte eine Falle auf. Er stellte den Köder zwischen uns auf und knüpfte direkt vor meinen Augen einen Knoten. Meine Fersen hoben sich vom klebrigen Boden der Bar, um absichtlich in seine Schlinge zu treten.

Ich öffnete den Mund. Die Worte wollten nicht herauskommen. Stattdessen fielen meine Augen auf das Seil und die Handschellen auf dem Tresen. Als mein Blick wieder dem seinen begegnete, war alles klar. Er wusste, worauf ich stand.

„Ich glaube, nun kenne ich deine Vorlieben, schöne Maree. Was für ein Glück für dich, dass ich darauf stehe, Frauen zu fesseln.“

„Heute muss mein Glückstag sein.“

„Etwas sagt mir, dass du zu schlau für Glück bist.“ Er rieb mit dem Daumen über seine Unterlippe. „Gleiches zieht in der Regel Gleiches an. Du musst die Kontrolle verlieren. Ich mag es, Frauen zu bändigen und sie wieder und wieder zum Orgasmus zu bringen."

Ich nahm einen zittrigen Atemzug. Der Mann berührte mich nicht, aber ich spürte die Wirkung seiner Worte, spürte seinen Daumen an meinem Ellenbogen, hinter meinen Kniescheiben, auf meinen Fußsohlen.

„Oh, du brauchst es dringend, nicht wahr, Süße?" Er runzelte die Stirn und schaute mir noch tiefer in die Augen. „Warum nimmt sich dir keiner an?"

Wieder hatte ich keine Antwort für ihn.

„Du armes, kostbares Ding", schnurrte er. „Mach dir keine Sorgen. Jetzt bin ich ja da. Ich werde mich deiner annehmen."

Meine Brustwarzen waren so hart, dass ich fürchtete, wenn ich nach unten schaute, würde ich sehen, dass sie sich durch meine Bluse gebohrt hatten. Ich war nicht der Typ Frau, der einen Mann brauchte, der sich ihrer annahm. Aber als ich auf Master Kaidens Seile und Handschellen blickte, wusste ich, dass er in der Lage sein würde, sich meiner auf genau die Weise anzunehmen, die ich so dringend benötigte.

Ich war kurz davor, Ja zu sagen. Verdammt, ich war kurz davor, mich nackt auszuziehen und auf die Bar zu klettern. Aber da war plötzlich eine Hand auf meiner Schulter, die mich zurückhielt.

Ich drehte mich um und sah Kellie hinter mir stehen, die ihren *Verarsch mich nicht – oder meine Freundin*-Blick auf ihn gerichtet hatte.

6

Kellie stellte sich neben mich an die Bar, in ihrem Slip und BH. Über ihren Oberkörper und ihre Beine zogen sich lange rote Striemen, wo die Seile sie festgehalten hatten. Ich hatte diese Spuren schon einmal gesehen, als sie aus dem Club gekommen war. Damals hatte ich sie neidisch angestarrt. Jetzt, wo die Möglichkeit bestand, dass meine Haut ebenfalls solche Spuren aufweisen könnte, sehnte sich mein ganzer Körper nach der Fesselung durch Master Kaidens Seil.

„Das war nur der Auftakt zu den Verhandlungen", sagte Kellie. „Ihr müsst Eure Forderungen deutlicher formulieren, Master Kaiden."

Meine Nasenflügel blähten sich jetzt aus einem ganz anderen Grund auf. Mein Mund blieb ungläubig offenstehen. Versuchte meine beste Freundin, sich an meinen neuen Spielkameraden heranzumachen?

Ihre Augen waren nicht demütig gesenkt, wie es bei einer Sub üblich war. Denn Kellie war keine Sub. Sie war irgendwo dazwischen – eine Switch, wie sie sich selbst nannte. Also starrte sie direkt in Master Kaidens warme, haselnussbraune Augen. Ein Teil von mir wollte meiner besten Freundin die Augen auskratzen, in einem unerbittlichen Zickenkrieg.

Master Kaiden schenkte Kellie ein Lächeln. Sein Blick wanderte nicht zu ihren Brüsten, die aus ihrem verrutschten BH quollen. Und auch nicht auf ihre Pobacken, die dank ihres Tangas deutlich zu sehen waren. Er lächelte Kellie an, aber sein Blick war auf mich gerichtet.

„Ich bitte um Entschuldigung, Maree", sagte er.

Hinter mir stöhnte Kellie auf. Ich brauchte eine Sekunde, um zu verstehen, warum. Sie nannte im Club nie ihren richtigen Namen. Ich hätte es besser wissen müssen. Ich hatte nicht klar denken können. Ich hatte an das feste Seil und all die Orgasmen gedacht.

„Ich hätte dich fragen sollen, was du willst, anstatt dir zu sagen, was ich mit dir machen werde."

Ich presste die Lippen zusammen, und mir war ein wenig schwindlig, als sich der Dunst der Lust lichtete. Eine Schwere legte sich über meinen Körper, wo eben noch Leichtigkeit geherrscht hatte, als Master Kaiden vom Fesseln und von Orgasmen gesprochen hatte.

Das Funkeln in seinen Augen sagte mir, dass er genau sah, was in mir vorging. Er brauchte meine Erklärung nicht, um zu wissen, was er zu tun hatte. Er wusste, was zu tun war.

„Du musst ihm genau sagen, was du willst", erklärte Kellie. „Es geht nicht nur darum, dass er dir sagt, was er tun will."

„Aber ich will das, was er mit mir machen will", sagte ich. „Ich will gefesselt werden und viele Orgasmen haben."

„Willst du gefickt werden?", fragte Kellie.

„Bekommt man nicht erst so einen Orgasmus?", entgegnete ich.

Kellie verdrehte die Augen. Dann ergriff sie den Stoff meiner Bluse an meiner Schulter. Ich merkte zu spät, dass sie es auf meinen BH-Träger abgesehen hatte. Aber da hatte sie ihn bereits hochgezogen und losgelassen.

„Autsch!", rief ich.

„Du weißt es besser", erwiderte Kellie.

Ich wusste es tatsächlich besser. „Gut, ja, ich will gefickt, gefingert und geleckt werden. Und ich will, dass man mit mir spielt."

Damals im College war es den meisten Jungs unangenehm gewesen, wie offen und deutlich wir drei über Sex gesprochen hatten. Master Kaiden stützte sein kantiges Kinn auf seine Faust, völlig entspannt, während er uns beide betrachtete. Sein Lächeln war wie das eines Wolfes, der ein Schaf beobachtet, das sich immer näher an seine Falle begibt.

„Ich ficke neue Spielkameradinnen nicht gleich beim ersten Mal", sagte er.

Enttäuschung durchströmte meinen Körper und ließ das Brennen meines BH-Trägers an meiner Schulter und den Schmerz meiner harten Brustwarzen noch deutlicher werden. Ich drehte mich zu Kellie und schaute sie an. *Siehst du, was du angerichtet hast?* sollte ihr mein Blick bedeuten.

„Ich kann dich auch ohne Penetration zum Kommen bringen, Maree."

Und plötzlich war ich wieder interessiert. Ich war fertig mit den Verhandlungen und wollte endlich zur Sache kommen. Aber meine beste Freundin stand immer noch wie eine Domina vor mir.

„Sag ihr, dass sie nicht allein im Raum sein wird", sagte Kellie. „Im Club wird sich erzählt, dass er Freunde hat, die gerne mitmachen und zuschauen."

„Das stimmt", bestätigte Master Kaiden, ohne sich dafür zu entschuldigen, dass er diese Tatsache unerwähnt gelassen hatte.

„Lässt du deinen Freund mich ficken?", fragte ich.

„Meine Sub. Vielleicht, wenn du ein braves Mädchen bist."

Seine Sub, also eine andere Frau. Eigentlich stand ich nicht auf so etwas. Oder vielleicht doch?

Ich war ein wenig enttäuscht, dass er bereits eine Sub hatte. Aber wie Kellie und Josie immer sagten, man geht nicht in den Club, um einen Partner zu finden, egal ob es der Tanzclub oder der BDSM-Club ist. Man geht hin, um zu spielen.

„Ich bin immer noch interessiert", sagte ich. „Aber ich kann meine Meinung ändern, oder? Wenn ich ein Safeword benutze?"

Master Kaiden richtete sich auf, zu seiner vollen Größe, und überragte sowohl mich als auch Kellie. Diese wich angesichts der Kraft, die von diesem Mann ausging, einen Schritt zurück.

„Ich mag keine Safewords. Nein heißt nein. Wenn du mit mir kommst, werde ich mit dir machen, was ich für richtig halte. Sag mir, was du nicht willst, und das ist dann tabu. Wenn du mir irgendwann sagst, dass ich aufhören soll, dann hören wir auf zu spielen."

Er hatte es wie eine Drohung klingen lassen. Als das brave Mädchen, das mit erhobener Hand in der Klasse saß und nach goldenen Sternen-Aufklebern lechzte, wollte ich ihm versichern, dass ich die bravste Spielkameradin sein würde, die er je gehabt hatte. Aber zuerst musste ich an meiner Freundin vorbeikommen, der mir den Weg versperrte.

„Ich will nur den Strick und die Orgasmen", sagte ich zu ihr.

Kellie nickte verständnisvoll. Sie wusste, dass das vergangene Jahr eine sexuelle Dürreperiode für mich gewesen war. Jetzt brauchte ich Starkregen. Es wäre schön, wenn dieser unter meinem Rock heruntergehen würde.

„Okay, Süße." Kellie umarmte mich. „Jo und ich werden hier sein und darauf warten, dass du uns alles erzählst."

Dann wandte sie sich an Master Kaiden. „Wenn sie nicht auf Wolke 7 aus dem Zimmer kommt, werde ich dir die Eier abschneiden. Dom hin oder her."

Master Kaiden grinste sie an. Im Gegensatz zu dem Lächeln, das er mir schenkte, zeigte er bei diesem Grinsen die Zähne, wie ein Hai. „Ja, Ma'am."

Kellie schürzte die Lippen. Anders als die meisten Männer wich er nicht zurück. Er zuckte nicht einmal zusammen. Schließlich trat sie zur Seite, und ich sprang förmlich vom Barhocker, um Master Kaidens Hand zu ergreifen.

Es fühlte sich an, als wäre das eine goldene Eintrittskarte in die Schokoladenfabrik. Wir gingen am Rand des Clubs entlang. Master Kaiden hielt mich nahe an der Wand, um sicherzustellen, dass ich mit niemandem zusammenstieß. Oder vielleicht, damit mich niemand entführte. Als ob ich mich aus seiner Umklammerung lösen lassen würde.

Er lächelte und nickte den Leuten zu, während wir an ihnen vorbeigingen. Er blieb nicht stehen, um sich mit jemandem zu unterhalten. Viele der Frauen warfen mir Seitenblicke zu. Er schien sie nicht zu beachten.

Hatte er sie schon einmal gefesselt und ihnen mehrere Orgasmen verpasst? Wahrscheinlich. Würde ich nächste Woche an ihrer Stelle wie ein Mauerblümchen in der Ecke stehen? Wahrscheinlich.

Daran wollte ich momentan nicht denken. Ich wollte über das Seil, die Handschellen und mein Oh-Gesicht nachdenken. Ich sollte wahrscheinlich meine Kieferpartie trainieren, um mich auf mein Oh-Gesicht vorzubereiten. Es war sehr aus der Form geraten, nachdem ich viel zu lange keines gemacht hatte.

Wir gelangten zu einem Raum am Ende eines langen

Flurs. Master Kaiden klopfte, und einen Augenblick später öffnete sich die Tür knarzend. Ein weiterer Mann blinzelte Master Kaiden an, dann sah er mich an. Ich war vollständig bekleidet, aber ich fühlte mich nackt angesichts seines durchdringenden Blicks.

Im Gegensatz zu Master Kaiden mit seinem dunklen Haar und seinen haselnussbraunen Augen waren die Augen dieses Mannes von einem durchdringenden Blau. Seine Haare waren weiß wie Schnee. Aber sein Gesicht war jugendlich. Ich wusste, dass es Menschen gab, die vorzeitig ergraut waren, aber nicht so jung. Er konnte noch keine 30 sein.

„Ist sie eine Vortäuscherin?", fragte der Mann.

„Nein, Sam. Das glaube ich nicht."

Eine Vortäuscherin …? Sam drehte sich um und ging hinein. Er ließ seinen schlaksigen Körper auf einen gepolsterten Sessel fallen und schlug die Beine übereinander. Er erinnerte mich an den Weihnachtsmann, der auf einem roten Thron sitzt und darauf wartet, dass eine ungezogene Elfe auf seinen Schoß klettert und ihm sagt, was sie sich zu Weihnachten wünscht.

Master Kaiden geleitete mich hinein. Die Tür schloss sich mit einem Klicken. Ich hatte keinen Schlüssel gesehen. Sie musste von innen verschließbar sein. Es konnte also niemand hereinkommen und mich holen, wenn die Sache aus dem Ruder geraten sollte. Das hätte mich eigentlich beunruhigen sollen. Aber ich war zu sehr von dem Spielzeug und den Seilen fasziniert, die an den Wänden des Raumes hingen.

Ich dachte an die Werkstatt des bösen Weihnachtsmanns, als ich die bunten Dildos in den Regalen sah. Gebogene Vibratoren mit dicken Enden. Zauberstäbe mit glitzernden Aufsätzen. Perlenschnüre für das anale Vergnügen. Seile in allen Farben und Beschaffenheiten. Seidenbänder und gepolsterte Masken. Und … eine Menge Geräte, von denen ich keine Ahnung hatte, welchem Zweck sie dienten.

Meine Aufmerksamkeit wurde von den Regalen mit den Geräten auf eine dritte Person im Raum gelenkt. Das musste die Sub sein. Aber sie trug einen Anzug, den Anzug eines Mannes. Ihre Hände waren nicht schmal, sie waren lang und breit, während sie eine Krawatte entknoteten. Denn das war gar keine Frau. Es war ein Mann.

Weil mein Gehirn so sehr auf die ungewöhnliche Idee fokussiert war, dass ein Mann eine Sub sein könnte, erkannte ich erst nach einer Weile, wer das war. Ich erkannte seine Krawatte, bevor ich sein Gesicht erkannte.

Seit unserer ersten Begegnung, als er mich in meinem alten Büro beim Pornoschauen erwischt hatte, fantasierte ich von seiner Krawatte. Noch vor wenigen Stunden hatte er sie im Sitzungssaal um seine Finger gewickelt. Und jetzt nahm er sie ab.

Seine grauen Augen begegneten den meinen, und alles im Raum blieb stehen, als ich Paul Brooks gegenüberstand.

Mein Chef hatte hübsche Zehen. Das war das Einzige, woran ich denken konnte, während ich in der Mitte eines Raumes voller Sexspielzeug und BDSM-Möbel stand. Ich schaute auf das Bett, das den größten Teil des Zimmers einnahm. Es war mit schwarzer Seidenbettwäsche bezogen, was ich bei all den Körperflüssigkeiten, die sich dort sicher ansammeln würden, für etwas unhygienisch hielt.

Master Kaiden hatte gesagt, dass ich viele Male kommen würde. Die Laken waren sauber, und das Bett frisch gemacht, und zwar mit militärischer Präzision. Ich fragte mich, ob es hier Dienstmädchen gab. Richtige Dienstmädchen, nicht solche in Kostümen und mit unbenutzten Staubwedeln.

Ein Paar nackter Beine versperrte mir die Sicht auf das Bett. Aber es waren nicht die muskulösen Oberschenkel, die an Baumstämme erinnerten, die meine Aufmerksamkeit erregten. Es war der dicke Ast, der zwischen diesen Stämmen baumelte.

Mist! Paul Brooks war äußerst gut bestückt.

Dann blickte ich auf. Entweder sah ich auf sein Gemächt

oder in sein Gesicht. Ich entschied mich für das weniger Einschüchternde.

Er hatte sich seiner Hose und seines Jacketts entledigt. Sein Hemd war weit geöffnet, und er knotete seine Krawatte auf. Er hielt in der Bewegung inne, als er sie unter dem Kragen herauszog und mich direkt ansah.

Er blinzelte ein-, zweimal, als würde er aus dem Tiefschlaf erwachen. Seine Augen weiteten sich nicht, als ob er mich erkannte. Sein Blick blieb verschlossen, die Lider schwer, als würde er jeden Moment wieder einschlafen.

Aber er war hellwach. Die Bewegung seines Mundes verriet mir, dass er definitiv hellwach war. Er sprach meinen Namen aus.

Er presste die Lippen zusammen, um den Buchstaben M zu bilden. Dann öffnete er den Mund ein wenig, um das A zu formulieren. Er drückte seine Zunge an den Gaumen für das rollende R. Dann spitzten sich seine Lippen, um das W meines Nachnamens zu bilden.

All dies geschah stumm. Kein einziger Laut drang von seinen Lippen, als er meinen Namen mit diesen formte. Dennoch hörte ich ihn laut und deutlich.

„Ich habe dir was zum Spielen mitgebracht, Paul."

Etwas fuhr durch Mr. Brooks hindurch. Und dann war es auch schon wieder weg. Ich konnte nicht genau sagen, was es gewesen war. Ich sah nur die Spuren, die es hinterlassen hatte.

Mr. Brooks atmete ein. Seine Brust blähte sich auf und wurde noch breiter. Und dann stieß er die ganze Luft wieder aus.

Entspannung bemächtigte sich seines Körpers. Sein Blick wurde glasig, als ob er sich um nichts in der Welt kümmern müsste. Dieser mächtige Mann, der täglich mit millionenschweren Deals jonglierte, der den Lebensunterhalt so vieler

Menschen in Händen hielt, entspannte sich einfach. Es wirkte wie ein Zaubertrick.

„Sie ist wunderschön, nicht wahr?", fragte Master Kaiden und strich mit einem Finger über meinen Unterarm.

Ich erschauderte bei seiner Berührung.

„Wir werden sie kommen lassen, bis sie schreit."

Mr. Brooks antwortete nicht. Er sah mich zwar an, aber ich glaube nicht, dass er mich wirklich wahrnahm.

In was zum Teufel hatte ich mich da hineingeritten? In was zum Teufel war er verwickelt? Und warum sagte er nichts?

Wir konnten das nicht tun und dann weiterhin eine berufliche Beziehung aufrechterhalten. Ich konnte meinen Chef nicht ficken und gleichzeitig meinen Job behalten.

„Du bist etwas angespannt, Maree. Gibt es ein Problem?"

Vielleicht war das hier ein Test? Jemand verarschte mich? Wie war es möglich, dass ich an meinem ersten Abend in einem BDSM-Club in demselben privaten Zimmer gelandet war wie mein Chef?

Ich drehte mich zu Master Kaiden, um ihn darauf anzusprechen, aber mein Mund funktionierte nicht. Mein Kiefer war schlaff, während ich ihn anstarrte. Master Kaiden hatte mir den Rücken zugewandt. Er stand an dem Teil der Wand, an dem die Fesseln angebracht waren.

Seile. Manschetten. Spreizstangen. Seidenkrawatten. Und viele Dinge, die ich nicht benennen konnte, mit denen ich mich aber vertraut machen wollte.

„Ich habe dich etwas gefragt, Maree."

„Ja."

„Ja, es gibt ein Problem?"

Er wählte vier schwarze Bänder aus. Sie waren aus einem festeren Material als Seide. Vielleicht aus Kunstleder. Aus was auch immer sie bestanden, sie sahen aus, als würden sie fest sein.

„Willst du das?", fragte er und hielt die Fesseln hoch.

Mir lief das Wasser im Mund zusammen, und ich konnte nicht sprechen. Daher nickte ich lediglich.

Master Kaiden deutete auf das Bett. Ich drehte mich um und ging darauf zu, wäre aber beinahe mit Mr. Brooks zusammengestoßen.

„Maree?", fragte Master Kaiden.

„Es ist nur … Als Sie sagten, Sie hätten eine Sub, nahm ich an, es wäre eine Frau."

„Frauen sind nicht die einzigen, die gerne Machtspiele spielen. Paul macht es an, im Schlafzimmer die Kontrolle abzugeben."

Mr. Brooks sah mich an. In seinen Augen lag ein Funke des Mannes, der die Vorstandsetagen kontrollierte. Er errötete nicht. Er zuckte nicht zusammen. Dieser mächtige Mann, der mir meinen Job genommen und mir einen Besseren gegeben hatte, sah mich nur von oben bis unten an. Es war derselbe Blick, den er mir im Sitzungssaal zugeworfen hatte, als er erkannt hatte, worauf ich stand.

Er hatte mich angesehen und mir als Einzige seine volle Aufmerksamkeit geschenkt. Jetzt tat er es wieder. Er wollte, dass ich die Tatsache, dass wir uns kannten, geheim hielt. Könnte es sein, dass er das tat, weil er mich auch jetzt begehrte?

„Zieh deine Bluse aus, Maree!", befahl Master Kaiden.
„Wie bitte?"

Master Kaiden streckte die Hand aus und packte mich im Nacken, wo eine Katzenmutter ihr Junges mit den Zähnen festhalten würde. Nur war Master Kaiden keine Katze. Er war vielmehr ein geschmeidiger, starker Leopard.

Ein Stöhnen drang von meinen Lippen, als er auf die weiche Stelle zwischen meinen Schulterblättern drückte. Meine Knie wurden weich. Mein Verstand flüsterte, dass ich ihn abschütteln sollte. Mein Körper zog es vor, in seinem Griff dahinzuschmelzen. Er hielt mich mit eisernem Griff fest. Mein gesamter Körper fokussierte sich auf seine Handfläche.

„Ich wiederhole mich nicht gerne, Maree."

Mein Gehirn hatte eine Fehlzündung. Ich wusste, dass es einen Grund gab, warum ich meine Bluse besser nicht ausziehen sollte. Aber ich begriff ihn nicht. Meine Finger zitterten, als sie die Knöpfe aufmachten. Allerdings wusste ich nicht mehr so genau, wie das funktionierte.

„In diesem Raum sprechen wir alles laut und deutlich aus, Maree. Gehorchst du mir nicht, weil du nicht mit uns spielen willst?"

Uns. Ich war so sehr daran gewöhnt, dass dieses Wort nur mich beinhaltete. Aber in diesem Raum gab es tatsächlich ein Wir. Dies würde eine Teamleistung werden.

„Nein, Sir."

Master Kaiden ließ meinen Hals los. Ich schwankte.

„Nein! Ich meine nein, ich bin nicht ungehorsam." Ich atmete tief ein und versuchte es erneut. „Ich glaube nicht, dass Nein als Safeword funktioniert."

„Ich werde es für dich tun."

Noch nie hatte ich einen Mann solch erotische Worte sagen hören. Ich spürte Master Kaidens Finger auf meiner Haut. Seine geschickten Hände machten sich an den Knöpfen meiner Bluse zu schaffen.

Master Kaiden zog mir die Bluse und den Rock aus. Dann meinen BH und mein Höschen. Er faltete die Kleidung ordentlich zusammen und legte sie auf einen Stuhl, neben eine Anzugsjacke, eine Hose und eine Krawatte … Mr. Brooks' Krawatte.

Master Kaiden grinste, als er meine Blickrichtung verfolgte. Er schaute zu Mr. Brooks hinüber, der sich nicht gerührt hatte.

Ich stand nackt in einem Zimmer mit meinem Chef, der – das musste man fairerweise sagen – ebenfalls nackt war.

„Leg dich aufs Bett, Maree!"

Ich hatte eine Entscheidung zu treffen. Ich konnte mich weiterhin gegen das wehren, was ich wollte. Oder ich könnte loslassen und Master Kaiden vertrauen, dass er mir genau das geben würde, was ich brauchte.

8

Ich lag auf dem Bett und starrte an die Decke. Eigentlich war jetzt der Moment gekommen, in dem ich meine Entscheidungen in Frage stellen sollte. Nicht die Entscheidungen bezüglich meines Lebens im Allgemeinen, nur diejenigen, die zu dieser Situation geführt hatten. Aber mein Gehirn wurde durch das Verlangen meines Körpers zum Schweigen gebracht. Mein Gehirn war es nicht gewohnt, nichts zu sagen zu haben, daher wusste es nicht, wie es reagieren sollte. Also blieb es stumm und ließ zu, dass ein Fremder ein raues Seil um mein nacktes Bein schlang.

Mein Körper zitterte und sagte mir, dass ich eine gute Entscheidung getroffen hatte. Master Kaiden berührte keine meiner guten Stellen. Nur meinen Knöchel, mein Knie und die Innenseite meines Ellenbogens. Doch ich zitterte bereits.

Es war lange her, dass ich einen Orgasmus gehabt hatte. Na gut, das stimmte nicht ganz. Ich hatte mit mir selbst schon viele gehabt. Wie jede moderne Frau, die sich mehr auf ihre Karriere als auf ihre Beziehungen konzentriert, war ich eine glühende Anhängerin von Sex-Spielzeug. Es war ein ganzes Jahr her, dass ich von einem warmen Penis penetriert worden war.

Nun, das sollte sich nun ändern.

Master Kaiden wickelte das Seil um mein linkes Handgelenk. Ich beobachtete ihn mit den großen Augen eines kleinen Mädchens, das einem Zaubertrick beiwohnt. Er band die Seilenden zu einem Knoten, dann fesselte er mich an den Bettpfosten.

Er wiederholte den Vorgang noch drei weitere Male. Zuerst mit meinem rechten Arm. Dann band er mein linkes Bein an den unteren Pfosten. Mein rechtes Bein folgte ihm. Ich lag gefesselt wie ein Seestern auf dem Bett, nackt.

Mein Gehirn schaltete jeden Gedanken, jede Logik, jede Vernunft aus. Ich fühlte nur noch.

Ich war gefesselt. Seiner Gnade ausgeliefert. Er konnte mit mir machen, was er wollte, und er hatte mir Vergnügen versprochen. Es gab nichts, was ich tun könnte, um ihn aufzuhalten. Er hatte noch nicht einmal angefangen, und schon fühlte es sich wunderbar an.

„Ich glaube, sie wird allein von den Fesseln kommen. Du brauchst das wirklich, nicht wahr, schöne Maree?"

Er hatte recht. Ans Bett gefesselt, die Arme ausgestreckt, die Beine ausgestreckt, konnte ich mich nur ein wenig bewegen. Mein Herz klopfte wie verrückt. Aber nicht aus Angst. Ich zitterte vor Aufregung.

„Bitte." Selbst dieses eine Wort brachte ich nur mit Mühe heraus.

„Natürlich, mein Schatz", erwiderte Master Kaiden. „Also, was hast du gesagt? Du willst gefickt, gefingert, geleckt werden? Und dass man mit dir spielt?"

Ich öffnete die Augen und merkte erst dadurch, dass ich sie überhaupt geschlossen hatte. Master Kaiden stand vor dem Regal mit dem Sexspielzeug. Er griff nach etwas, das wie ein Zauberstab aussah. Nur, dass sich an dessen Spitze eine Art Zunge befand.

„Ist es das, was du gerne ausprobieren möchtest, Sam?"

Der Mann mit dem weißen Haar nickte von seinem Stuhl aus. Statt die Beine zu spreizen und mir seine Leistengegend zu zeigen, hatte er ein Bein über das andere geschlagen, als wäre er ein Gelehrter, der sich einen Vortrag anhört.

Er betrachtete mich teilnahmslos. Es fühlte sich an, als würden seine durchdringenden blauen Augen jedes Zucken und jeden Atemzug katalogisieren. Als wäre er der Gelehrte, der sich Notizen machte. Allerdings schrieb er sich nichts auf. Er behielt alles in seinem Kopf.

Ein Summen drang an meine Ohren. Master Kaiden hatte das Sexspielzeug eingeschaltet. Mir war vorher nicht aufgefallen, dass es dieses in verschiedenen Farben gab. Er hatte sich das Rosafarbene geschnappt.

„Kann ich bitte den Blauen haben?", bat ich.

Master Kaiden zog eine Augenbraue hoch.

„Ich kaufe nie rosa Produkte", erwiderte ich, als ob das schon Erklärung genug wäre. Offensichtlich war es das nicht. „Sie wissen schon, wegen der rosa Steuer."

„Rosa Steuer?", wiederholte Master Kaiden.

„Die Produkte für Frauen sind genau die Gleichen wie die für Männer, nur dass man sie rosa anmalt und teurer macht."

Master Kaiden blickte zu dem weißhaarigen Sam. Dieser schürzte die Lippen. Ich fragte mich, ob ich ihn beleidigt hatte. Mein Geschäftshirn musste abgestellt werden. Ich sollte eine Menge Orgasmen haben, keine Verkaufspräsentation halten.

Master Kaiden legte das rosa Spielzeug weg und nahm das Blaue in die Hand. „Wenn du mit dir selbst spielst, wie oft kommst du dann?"

Ich runzelte die Stirn angesichts dieser Frage. Nicht nur,

weil mein Gehirn jetzt im Urlaub war, sondern weil die Frage keinen Sinn ergab. „Einmal."

Das war an sich schon eine große Leistung. Die meisten Frauen hatte nie einen Orgasmus. Ich war stolz darauf, dass ich zu den wenigen Glücklichen zählte. Obwohl ich gehofft hatte, eines Tages zu den Frauen zu gehören, die von einem Mann, der in sie eindringt, kommen können. In meinen 25 Lebensjahren war das nicht ein einziges Mal passiert. Ich musste mich danach, oder manchmal auch vorher, selbst befriedigen, um in die richtige Stimmung zu kommen, damit er sich in mir vergnügen konnte.

Ich hatte immer gedacht, ich könnte vom Ficken kommen, wenn ein Mann mich fesselte. Allerdings hatte ich einem Mann dafür noch nie genug vertraut. Bis jetzt.

„Welche Zahl, Sam?"

Sam strich mit dem Daumen über seine Unterlippe. Wieder bohrten sich seine blauen Augen in mich. Ich spürte eine Erregung tief in meiner Vagina, als ob er mit seinem intensiven Blick einen Orgasmus heraufbeschwören würde. Ich wollte meine Beine zusammendrücken. Aber er schaute nicht zwischen meine Schenkel. Er schaute nicht einmal auf meine entblößten Brüste. Sein Blick war auf mein Gesicht gerichtet.

Schließlich antwortete er. „Vier."

Vier? Vier was? Doch nicht etwa Orgasmen? Das war nicht möglich, und jeder Pornostar, der etwas Anderes behauptete, log.

„Diese Wette nehme ich an", erwiderte Master Kaiden.

Ohne Vorwarnung legte Master Kaiden das Gerät an meine Muschi. Er machte eine pumpende Bewegung mit der Hand. Wie hatte ich den Saugnapf des Spielzeugs übersehen können? Er umklammerte meine Schamlippen wie ein Mund in einer permanenten Saugposition.

Mein Atem ging allein durch die Aufmerksamkeit, die

man meiner Schamgegend zuteilwerden ließ, stoßweise. Dann legte Master Kaiden einen Schalter um. Die Zunge kam zum Einsatz, und ich bäumte mich auf. Der Orgasmus hatte sich meiner bemächtigt, bevor ich überhaupt begriff, was mit mir geschah.

Man hatte mich schon mal da unten geleckt. Aber nie lange genug, um mich zum Kommen zu bringen. Die wenigen Typen hatten es nur aus Höflichkeit getan. Es war ein kurzer Zwischenstopp gewesen, bevor sie ihre Hosen ausgezogen und erwartet hatten, dass ich mich ihrem Schwanz widmete.

Diese kleine mechanische Zunge schenkte mir mehr Aufmerksamkeit, war geschickter und zärtlicher als alle Männer in meinem erbärmlichen Sexleben zusammen. Ich wollte diese Zunge heiraten. Ich wollte ihre kleinen, blauzüngigen Babys bekommen. Bestimmt schwängerte sie mich gerade, während sie über meine Klitoris und um meine Schamlippen strich.

Die Seile hielten mich fest und sicher, als ich kam. Hart. Die Kontraktionen dauerten so lange, waren so intensiv, dass ich fürchtete, gleich ohnmächtig zu werden. Meine Innenwände pulsierten noch immer, als Master Kaiden den Saugnapf löste. Die Bewegungen der mechanischen Zunge hörten auf.

„90 Sekunden", sagte Master Kaiden. „Ich glaube, das ist ein Rekord für eines deiner Spielzeuge."

90 Sekunden? So schnell war ich noch nie in meinem Leben gekommen. Weder durch meine eigene Hand, noch durch eines meiner BOBs. Ich hatte gehört, dass die meisten Frauen bis zu 20 Minuten brauchen, um zum Orgasmus zu kommen. Das war wahrscheinlich der Grund, warum mich keiner meiner Speedy-Gonzales-Freunde je dahin hatte bringen können. Sogar meine Vibratoren brauchten dafür etwa zehn Minuten.

Meine Welt war in weniger als zwei Minuten auf den Kopf gestellt worden. Ich hörte den Mann auf dem Stuhl seufzen, als wäre er enttäuscht.

„Ich strebe 30 Sekunden an. Ich muss den Motor überarbeiten, und vielleicht auch die Antriebswelle."

Ich öffnete die Augen und sah, dass Sam mich und meinen nackten, zitternden Körper nicht mehr ansah. Er starrte auf sein Handy, und seine Daumen bewegten sich rasend schnell, während er etwas hineintippte.

„Ihr Orgasmus war zumindest echt", sagte er. „Sie ist keine Vortäuscherin."

Als ob eine Frau mit dieser Art von Motor und bei dieser Zunge einen Orgasmus vortäuschen könnte! Sobald er dieses Spielzeug auf den Markt bringen würde, würden Frauen auf der ganzen Welt ihre Freunde verlassen und sich mit AA-Batterien eindecken.

„Nimm's ihm nicht übel. Sam ist ein Perfektionist."

„Ich bin ein Genie", murmelte Sam, ohne den Blick von seinem Handy zu heben. „Das ist ein Unterschied."

„Lass uns dir einen weiteren Orgasmus schenken. Was hältst du davon, schöne Maree?"

Ich konnte nicht sprechen. Ich konnte mich nicht bewegen. Ich war im siebten Himmel. Und Master Kaiden wollte mich noch höher bringen. Ich gab ihm nickend zu verstehen, dass ich bereit war, ihm zu folgen, wohin auch immer er mich führen wollte.

„Paul, komm und finde ihren G-Punkt!"

Mein Körper spannte sich an, als der Name meines Chefs fiel. Ich hatte völlig vergessen, dass Mr. Brooks im Raum war. Da stand er nun an der Bettkante und starrte auf meine triefnasse und immer noch pulsierende Muschi, als wäre ich die Sahne, die er in seinen schwarzen Kaffee geben wollte.

9

Mein Chef stieg aufs Bett und ließ sich mit seinem großen Körper zwischen meinen Knien nieder. Er sah mich nicht an. Seine Aufmerksamkeit galt dem triefnassen Bereich zwischen meinen Schenkeln.

Die Worte *nein, nö, nicht* dröhnten in meinem Kopf. Mein Mund weigerte sich, auch nur einen Laut von sich zu geben. Meine Körpermitte war zu sehr damit beschäftigt, sich von dem Höhepunkt von vorhin zu erholen. Meine Hände und Füße waren gefesselt, was mir jegliche Handlungsfähigkeit raubte.

Das war auch gut so.

Ich wollte nicht Nein sagen. Ich wollte nicht Ja sagen. Ich wollte einfach nur bleiben, wo ich war, und Master Kaiden erlauben, mit mir zu machen, was er für richtig hielt. Wenn er der Meinung war, dass Paul Brooks seinen großen Zeige- und Mittelfinger in meine Muschi stecken sollte, dann sollte es eben so sein.

„Scheiße, sie ist ganz schön feucht, nicht wahr, Kumpel?"

„Hmm", war Mr. Brooks' Antwort, während er seine Finger krümmte und in mich hineindrückte.

Ich keuchte, und mein Blick fiel auf sein Gesicht. Er sah mich nicht an. Er richtete seine ganze Aufmerksamkeit auf meinen Schamhügel.

Meine Klitoris war von Sams Spielzeug angeschwollen. Sie ragte heraus wie eine fette Katze, die die ganze Sahne aufgeschleckt hatte und es nicht bereute. Mr. Brooks fand die Stelle hinter diesem geschwollenen Knopf. Er drückte fest nach oben, und meine Augen rollten nach hinten.

„Ich glaube, das ist das erste Mal, dass jemand ihren G-Punkt gefunden hat."

Master Kaiden hatte recht. Ich hatte Kellie von dieser Stelle im Körper einer Frau sprechen hören. Ich glaubte ihr, dass der Mythos wahr war. Theoretisch.

Plötzlich war ich zu Aschenputtel geworden. Mit gläsernen Schuhen, einem glitzernden Kleid und einem Diadem. Master Kaiden war meine gute Fee. Mr. Brooks war der Prinz, der mich in einem Tanz herumwirbelte.

Nur waren meine Füße an den Bettpfosten gefesselt. Warum ich versuchte, meine Beine zusammenzudrücken, wusste ich nicht. Ich wollte Mr. Brooks nicht daran hindern, diese wunderbaren Empfindungen in mir auszulösen. Es war wohl nur eine reflexartige Reaktion. Ein Teil von mir glaubte, dass diese Art von Vergnügen nicht möglich sei. Dass ich diese Art von betäubender Glückseligkeit nicht empfinden durfte.

Nun, scheiß auf diesen Teil von mir. Zum Glück hatte er nichts mehr zu melden.

Die Fesseln hinderten mich daran, meine Beine zusammenzupressen. Sie hinderten mich daran, meine Arme zu verschränken und um Gnade zu bitten. Ich wollte nicht, dass es zu Ende ginge. Ich brauchte keine Gnade.

Mr. Brooks ließ mir auch keine zuteilwerden. Seine Finger arbeiteten unerbittlich in mir. Härter. Schneller.

Ein Druck baute sich in mir auf. Der intensive Drang zu

urinieren, gepaart mit einem sich anbahnenden Orgasmus. Einen Augenblick lang geriet ich in Panik, weil ich dachte, ich würde mich vor meinem Chef blamieren.

Ich wusste, was Squirting ist. Ich hätte nur nie gedacht, dass eine Frau wie ich zu dieser Party eingeladen werden würde. Die Uhr schlug nicht Mitternacht. Sie explodierte.

Ich stöhnte nicht, als sich der Orgasmus meiner bemächtigte. Ich schrie auf. Es war der intensivste Orgasmus, den ich je in meinem Leben gehabt hatte. Eigentlich konnte ich ihn nur mit dem vergleichen, den ich kurz zuvor gehabt hatte.

Während der erste Orgasmus wie ein Geschenk auf mich herabgeflattert war, fühlte sich dieser an, als wäre er mir entrissen worden. Als wären Mr. Brooks' Finger Diebe, die mir die Lust geraubt hatten.

Mein Körper gehörte mir nicht mehr. Ich gab mich ganz und gar den Seilen von Master Kaiden, Sams Spielzeug und Mr. Brooks' Fingern hin.

Mr. Brooks zog seine langen, breiten Finger aus mir heraus. Sie trieften vor meinem Beweis der Unterwerfung. Master Kaiden starrte auf diese glitzernden Finger. Seine Zunge fuhr aus seinem Mund und befeuchtete seine Unterlippe.

Sam blickte von seinem Handy auf. Seine eisblauen Augen erwärmten sich ganz leicht. Seine Brust hob sich, als er einatmete, und seine Nasenlöcher blähten sich, als könnte er mein Verlangen riechen und wollte selbst davon kosten.

Ich krümmte meine Finger und wollte sie alle einladen, mich ebenfalls zu probieren. Dann wurde mein Herzschlag langsamer. Er begann jedoch sofort wieder zu rasen, als ich bemerkte, dass meine Handgelenke nicht mehr gefesselt waren. Master Kaiden hatte den Knoten an meiner linken Hand gelockert. Er griff hinüber, um die Fesseln an meiner rechten Hand zu lösen.

„Nein", sagte ich.

„Nein?" Master Kaiden hob eine Augenbraue, als er auf mich herabblickte.

„Nein, wie in Ja." Ich stieß einen Atemzug aus. Mein Gehirn war zu weit weg, um einen sinnvollen Satz zustande zu bringen. „Das soll heißen, ich will nicht aufhören."

Master Kaiden lachte. „Das waren nur zwei Orgasmen. Wir haben noch zwei vor uns. Wir verlieren nie eine Wette."

„Wir?", fragte ich. „Aber wenn ihr gewinnt, wer verliert dann?"

„Warum muss jemand verlieren?" Er führte meine Hände vor mich. Mit dem gelösten Seil, das mich einst gefesselt hatte, begann er, meine Handgelenke vor meiner Brust zusammenzubinden. „Räum die Sauerei auf, die du angerichtet hast, Paul!"

Mr. Brooks' Kopf verschwand zwischen meinen Schenkeln. Seine Zunge schlug schnell und sanft zu. Der mechanische Helfer war nichts gegen ihn. Ich spürte bereits, wie sich in weniger als 30 Sekunden ein weiterer Orgasmus aufbaute.

Master Kaiden band meine Hände zusammen. Die Knoten, die er machte, waren wie ein Kunstwerk und übertrafen bei weitem das, was ich Master Xfinity mit Little Morningstar hatte tun sehen. Ich war verzaubert.

Angesichts des sanften Leckens an meiner Scham und der engen Fesseln an meinen Handgelenken war ich ein sich windendes Etwas. Meine Füße waren immer noch gefesselt, also konnte ich nicht viel tun, außer mich zurückzulehnen und das Vergnügen zu genießen, das diese Männer mir bereiteten.

Mein Chef brummte ein wenig, während er die Säfte aufsaugte, die ungehindert aus mir flossen. Ich hatte keine Ahnung, wie ich ihm am Montagmorgen in die Augen schauen sollte. Mein Gehirn konnte sich jedoch nicht darauf konzentrieren. Mein Gehirn konnte sich auf nichts Anderes konzentrieren als auf das Ziehen der Seile und das Schnalzen seiner Zunge.

Mein dritter Orgasmus sagte mir, dass es einen Ort jenseits des Himmels gab, und dass ich dort war. Es war mir egal, ob ich am Montagmorgen noch einen Job hatte. Ich wollte kündigen und hierbleiben. Für immer.

Dann wurde ich hochgehoben. Die Fesseln lösten sich von meinen Beinen, und ich wurde umgedreht. Mein Gesicht fiel auf das weiche Kissen. Meine gefesselten Handgelenke wurden vor mir platziert. Meine Knie wurden auseinandergedrückt, mein Hintern hochgehoben.

Ich hörte das Rascheln einer Kondompackung. Dann drückte ein harter Schwanz gegen meinen Eingang. Die Seile erlaubten mir nichts anderes, als das intensive Vergnügen der harten, tiefen Stöße zu genießen.

Ich wusste nicht, wer es war. Es war mir auch egal. Es hätte jeder von ihnen sein können. Es hätten auch alle drei sein können. Ich hätte jeden von ihnen nacheinander willkommen geheißen.

Mein Körper ergab sich. So viel Vergnügen in einer einzigen Nacht zu erleben, sollte nicht möglich sein. Ich dankte jedem einzelnen Stern am Himmel, dass dies mit mir geschah.

Ich kam. Und dann kam ich noch einmal. Und dann wurde ich ohnmächtig.

10

Als ich aufwachte, fiel mein Blick auf den Stuhl. Sam war nicht mehr da.

Ich lag in eine Decke eingehüllt auf dem Bett, zusammengerollt wie ein Neugeborenes. Ein Teil von mir wollte sich nicht bewegen. Ich hatte mich noch nie so geborgen, so zufrieden gefühlt. Also schloss ich die Augen wieder.

Die Decke hatte einen Herzschlag, einen starken und gleichmäßigen. Dann brummte sie mit tiefer Stimme.

„Wie ist der Deal mit Lester Porter gelaufen?", fragte meine Bettdecke.

Aber es war keine Decke. Ich lag auf Master Kaidens Brust. Seine Finger zogen träge Kreise um meinen Hals, an derselben Stelle, an der er mich gepackt hatte, als ich ihm vor ein paar Stunden nicht gehorcht hatte.

„Ich habe das Unternehmen gekauft und seinen Topmanager abgeworben", erwiderte eine andere tiefe Stimme. Eine, mit der ich in den vergangenen zwei Tagen vertraut geworden war. „Er hat sie nicht zu schätzen gewusst. Er wusste nicht, was er an ihr hatte."

„Aber du schon", sagte Master Kaiden. „Also hast du neben allem anderen auch die Geschäftsfrau erworben."

„Ich erwerbe nicht alles. Ich erwerbe nur das Beste, oder etwas, das ich besser machen kann."

„Glaubst du, dass du diese Frau besser machen kannst?"

„Ich glaube nicht, dass ich das werde tun müssen. Sie ist hungrig. Sie war die klügste Person im Sitzungssaal."

„Abgesehen von dir?"

Darauf antwortete Mr. Brooks nicht.

Ich hatte die ganze Zeit über die Augen geschlossen gehalten, als sie über mich gesprochen hatten. Mr. Brooks hatte gesagt, ich sei eine Top-Managerin. Er hielt mich für die Beste. Er hatte mich für die klügste Person im Raum gehalten, abgesehen von ihm.

Nur lag ich jetzt nackt in diesem Zimmer, während er wieder vollständig bekleidet war und seine Krawatte band.

„Die klügste Person im Raum, sagst du?"

Paul Brooks wickelte seine Krawatte in eine Schleife und zog sie zu einem perfekten Knoten zusammen. Sein Blick begegnete dem meinen nicht. Ich wusste, dass er wusste, dass ich wach war. Ich wusste, dass er wusste, dass ich gehört hatte, was er über mich gesagt hatte. Sogar nachdem er seine Finger in mir gehabt hatte, seine Zunge an mir und seinen Schwanz tief in meiner Vagina.

„Wie läuft es mit der Übernahme von Jackson und Roe?", fragte Master Kaiden.

„Ich habe meine beste Frau darauf angesetzt." Mr. Brooks' Blick begegnete dem meinen. Die Entspannung, die seinen Körper umgeben hatte, als er nackt gewesen war, verließ ihn bereits. Ich konnte sehen, wie sich das Gewicht der Verantwortung wieder auf seine Schultern legte, als er seine Anzugjacke anzog.

„Sag mir Bescheid, wenn ich kommen und die Peitsche schwingen soll", sagte Master Kaiden.

„Was genau an dem Begriff ‚stiller Teilhaber‘ verstehst du nicht?“

Stiller Teilhaber? Ich hatte noch nie davon gehört, dass die Brookings Corp. stille oder sonstige Teilhaber hatte.

Master Kaiden nahm die Hand von meinem Hals. Seine Finger strichen das Haar an meiner Schläfe weg. Seine haselnussbraunen Augen sahen auf mich herab. „Da ist ja unser Mädchen.“

Unser Mädchen. Der Klang dieses Wortes ließ mein Herz einen Schlag aussetzen. Es war wie ein Traum, an den ich mich zu erinnern versuchte, während ich aufwachte.

„Wie geht es dir, schöne Maree?“ Master Kaiden rollte sich auf die Seite. Er nahm die Haltung eines Mannes ein, der seine Geliebte fragt, wie ihr Tag war. Der Wunsch, ihn am Montag zu sehen und ihm zu erzählen, wie mein Tag war, war groß.

Aber das würde nicht passieren. Denn am Montag würde ich bei meinem neuen Job bei Brookings sein. Ich würde versuchen, der Aussage meines neuen Chefs gerecht zu werden, dass ich eine der klügsten Führungskräfte sei, die er hatte, und nicht daran denken, wie seine Zunge mich besinnungslos gemacht hatte.

„Das wird blaue Flecken geben.“ Master Kaiden rieb über die Stellen an meinen Handgelenken, an denen ich am Seil gezogen hatte.

Auf meiner Haut zeichnete sich bereits ein rotes, kreuz und quer verlaufendes Muster ab. Ein Beweis für das atemberaubende Vergnügen, das ich in diesem Raum mit diesen Männern erlebt hatte. Vielleicht sollte ich mir das Muster eintätowieren lassen.

„Ich glaube, die blauen Flecken werden dir gefallen. Habe ich recht, schöne Maree?“

Ich zog meine Hände von ihm weg. Die Decke entfernte sich. Darunter war ich immer noch nackt. Ich zog die richtige Decke hoch, um mich zu bedecken. Jetzt, wo das Ganze vorbei war, schien die Magie den Raum verlassen zu haben.

„Hattest du Spaß, Maree?" Master Kaiden erhob sich vom Bett, als ob er wüsste, dass ich jetzt Abstand von ihm brauchte.

„Ja. Ja, das hatte ich. Ich danke Ihnen."

„Brauchst du noch etwas, bevor wir gehen?"

Ich sah zu Mr. Brooks. Er erwiderte meinen Blick nicht. Die Hitze war nicht mehr da, die er ausgestrahlt hatte, als er zwischen meinen Schenkeln gewesen war.

Ich musste dasselbe tun. Ich hatte bekommen, weswegen ich hergekommen war. Deutlich mehr als das, wofür ich gekommen war. Ich musste mich zusammenreißen, so wie er es getan hatte. Ich musste meine Rüstung wieder anlegen.

„Nein", antwortete ich. „Ich brauche nichts. Von jetzt an komme ich alleine klar."

Etwas huschte über Kaidens Gesicht, als ob er wüsste, dass ich gelogen hatte. Aber das Spiel war vorbei, und er war nicht mehr für mich verantwortlich.

Mist.

Aber ich konnte mein Leben nicht damit verbringen, mir von diesem Mann alles diktieren zu lassen. Ich hatte keine Lust, mein Leben nach den Befehlen eines Mannes auszurichten. Ganz gleich, ob er sein Versprechen, mich Sterne sehen zu lassen, einlöste.

„Könnten Sie bitte meinen Freundinnen holen?"

„Ich werde sie suchen lassen und herschicken. Leg dich wieder hin und nimm dir alle Zeit, die du brauchst." Er strich mir eine Haarsträhne aus dem Gesicht. „Das hast du gut gemacht heute Nacht."

Ich wollte mich seiner Berührung hingeben. Ich wollte wissen, wie seine Lippen schmeckten. Er lächelte und beugte sich nach unten, um mich auf meine Wange zu küssen. Im letzten Moment drehte ich den Kopf und erwischte seine Lippen.

Er schmeckte nicht süß. Er schmeckte würzig. Nicht scharf, sondern es reichte aus, dass meine Lippen leicht brannten.

Ich zog mich zurück und erwartete eine Schelte. Aber es kam keine. Er lächelte mich einfach nur an, als wäre er stolz auf etwas, das ich getan hatte. Ich wollte es wieder tun, was immer es auch gewesen war, nur für ihn.

„Sei ein braves Mädchen, okay?"

„Ja, Sir."

Master Kaiden richtete sich auf und ging zur Tür hinaus. Mr. Brooks folgte ihm. Kurz bevor sich die Tür schloss, warf mein Chef einen Blick über seine Schulter. Einen letzten Blick, bevor er hindurchging und die Tür hinter sich zumachte.

Ich legte mich in die Kissen. Das war also meine erste Erfahrung in einem BDSM-Club. Sie übertraf alles, was ich erwartet hatte, und war besser als alles, was ich je für mich für möglich gehalten hatte.

Die Tür ging wieder auf, und mein Herz machte einen Satz. Kamen sie zurück? Wollten sie auch nicht, dass diese Nacht zu Ende ging?

Es waren nicht die Männer. Zwei Frauen kamen herein. Sie eilten zum Bett und nahmen mich in die Arme.

„Alles in Ordnung?", fragte Josie, während Kellie die Decke herunterzog.

„Hey", protestierte ich.

„Ich habe drei Männer gezählt, die in den vergangenen 20 Minuten aus diesem Raum gegangen sind", sagte Kellie. „Das ist ganz schön viel für dein erstes Mal."

„Ich hatte nicht mit allen dreien Sex. Nur mit einem. Genau genommen."

Kellie und Josie warteten darauf, dass ich mehr erzählte. Wir erzählten uns immer alles. Und ich meine *alles*.

Ich hätte ihnen wahrscheinlich sagen sollen, dass einer der Jungs mein Chef war. Aber damit wollte ich mich momentan nicht befassen. Nicht, wenn noch ein bisschen Glückseligkeit durch meine Adern floss.

„Alles in Ordnung. Ich fühle mich großartig. Es war genau das, was ich brauchte. Und jetzt bin ich total ausgehungert."

„Zieh dich an, und dann gehen wir was essen", sagte Josie.

Das war alles, was ich brauchte. Guter Sex am Wochenende und meine Freundinnen. Das Leben war schön. Und mir blieb das restliche Wochenende, um mir zu überlegen, wie ich meinem Chef am Montagmorgen gegenübertreten sollte.

11

4 8 Stunden später hatte ich immer noch nicht herausgefunden, wie ich meinem neuen Chef am Montag im Büro gegenübertreten sollte. Als ich das Gebäude der Brookings Corp. an meinem ersten Tag als Angestellte betrat, wurde mir schnell klar, dass ich mir unnötig Gedanken gemacht hatte. Paul Brooks war auf Geschäftsreise.

Ich hätte erleichtert sein sollen. Das war ich aber nicht. Ich war enttäuscht.

Ich hätte vielleicht nicht gewusst, was ich tun sollte, wenn ich ihm von Angesicht zu Angesicht hätte gegenüberstehen müssen. Aber alles, woran ich denken konnte, war zu kommen, während sein Gesicht zwischen meinen Schenkeln vergraben war.

Nach dieser Nacht hatte ich mich nicht mehr um meine Vibratoren geschert. Keiner würde jemals an die Höhen heranreichen können, in die er mich gebracht hatte. Das Einzige, was mit diesem Gefühl mithalten konnte, war die Herausforderung meiner neuen Position.

Ich schlüpfte mit Elan in die neue Rolle als Junior Executive für Fusionen und Übernahmen bei der Brookings Corp. Am Ende des ersten Tages war ich mit dem Kunden Jackson and Roe vertraut. Am Ende des zweiten Tages hatte ich die Arbeitsweise meines kleinen Mitarbeiterstabs dahingehend geändert, wie sie ihre Berichte für den Kunden erstellen sollten. Ich hatte sogar neue Bereiche gefunden, die Brookings bei der bevorstehenden Übernahme einen Vorteil verschaffen würden. Am Ende der Woche hatte ich alles recherchiert und mit Querverweisen versehen, was ich für meine Präsentation brauchte. Ich war bereit.

Als andere Führungskräfte bemerkten, dass ich zusätzliche Zeit hatte, gaben sie ihre Arbeit an mich ab. Am Anfang war es sehr subtil. Eine Anfrage hier, ein kleines Lob dort. Ich wusste, was sie taten. Ich nahm es an, denn Mr. Brooks hatte recht. Ich war hungrig. Außerdem wollte ich einen guten Eindruck bei ihm hinterlassen. Ich wollte ihm zeigen, dass ich nicht nur im Schlafzimmer was draufhatte, sondern auch in der Vorstandsetage ein echter Kracher war.

Dann kam der Freitag. Als ich das Bürogebäude durch den Haupteingang betrat, war etwas anders. Die leitenden Angestellten, die oft mit gekrümmten Rücken an ihren Schreibtischen hockten, saßen alle aufrecht da. Die Sekretärinnen und persönlichen Assistentinnen trugen heute keine Strickjacken aufgrund der kalten Luft der Klimaanlage, dafür aber auffälligen Lippenstift.

Paul Brooks war von seiner Geschäftsreise zurück.

„Welch, Mitarbeiterbesprechung in zehn Minuten!", bellte Nathan Lyons, der Juniorchef, dessen Büro neben meinem lag. Ich hörte oft ein Grunzen durch die Wand. Ich war sehr erleichtert, als ich feststellte, dass er den ganzen Tag über den Sportkanal laufen ließ.

Ich packte meine Unterlagen zusammen und ging in den Sitzungssaal, den ich an meinem ersten Tag hier betreten hatte; damals, als ich um meinen Job bei Lester gekämpft hatte. Paul Brooks saß auf demselben Stuhl wie damals. Ich hatte vergessen, dass es kein Kopfende gab, denn es war ein großer, länglicher Tisch, so wie ich ihn mir bei den Rittern der Tafelrunde vorgestellt hatte.

Nur waren in diesem Raum nicht alle Ritter ebenbürtig.

„Doyle", sagte Mr. Brooks, den Blick auf den dünnen, rothaarigen Mann gerichtet, dem seine Anzüge immer zu klein zu sein schienen. „Geben Sie mir ein Update zu der Übernahme der Terra Bridge Farms!"

„Oh … Jetzt? Ich wusste nicht, dass Sie bereits heute zurückkehren würden, also sind die Einzelheiten noch nicht so ausgefeilt, wie ich es gerne hätte."

„Nur ein mündliches Update. Ich brauche keinen ausführlichen Bericht."

Während Doyle nach Worten rang, wurden seine Wangen so rot wie seine Haare.

„Sie sprachen neulich von der Idee, den Lavendel, den man dort anbaut, für die Herstellung von Seifen und Parfüms zu verwenden, um so die Gewinnspanne für alle zu erhöhen."

Die rote Farbe wich aus Doyles Wangen, und er sah mich dankbar an. „Ja, genau. Das ist der Plan."

Das war nur deshalb der Plan, weil ich einen Bericht über eine andere Farm gelesen hatte, die dasselbe tat, und diese Möglichkeit Doyle gegenüber erwähnt hatte. Ich bezweifelte, dass er mit den Farmern von Terra Bridge über diese Idee gesprochen hatte. Er hatte sie sich nach unserem Gespräch nicht einmal aufgeschrieben.

Ich erwartete einen freundschaftlichen Schulterklaps von Mr. Brooks. Vielleicht sogar ein Dankeschön. Aber er würdigte mich keines Blickes. Er ging einfach die Reihe weiter und nahm die nächste Führungskraft in die Mangel. Die meisten waren nicht vorbereitet. Ein paar sahen zu mir, während sie ihm ihr jeweiliges Update gaben. Und jedes Mal ergänzte ich eine Idee, die ich ihnen gegenüber mal beiläufig erwähnt hatte. Es schien, als würde ich einen Großteil des Gesprächs führen. Doch Mr. Brooks hatte immer noch keinen Blick in meine Richtung geworfen.

„Ich danke Ihnen, das war's", sagte er schließlich und beendete damit die Sitzung.

Ich wollte protestieren. Er hatte mich gar nicht nach dem Deal mit Jackson und Roe gefragt. Aber er ging bereits an mir vorbei und verließ den Raum. Seine Schultern waren angespannt, sein Gesicht voller Sorgenfalten.

Ich hatte Angst davor, ihm von Angesicht zu Angesicht gegenüberzutreten. Und er hatte anscheinend keine Lust, mich anzusehen. Nun, wenn er mich feuern wollte, dann würde ich es ihm schwermachen. Ich hatte bei dem Deal von Jackson und Roe alles getan, was ich hatte tun können. Ich hatte sogar ein kurzes Werbe-Video als Teil meiner Präsentation über die Konservenfirma in Auftrag gegeben.

Am Ende des Werbespots war eine attraktive Frau zu hören, die stöhnte: „Hmm, so gut", während sie den Inhalt einer der Dosen probierte.

In der Tür zu meinem Büro räusperte sich jemand. Als ich aufblickte, hätte ich nicht überrascht sein dürfen, meinen Chef dort stehen zu sehen. Natürlich hatte er genau in diesem Augenblick aufkreuzen müssen.

„Das ist kein Porno", rechtfertigte ich mich sofort und drehte meinen Laptop um, damit er auf den Bildschirm sehen konnte.

Mr. Brooks schaute nicht auf den Bildschirm. Sein Blick war auf mich gerichtet. Er starrte auf mein Gesicht. Ich starrte zurück auf seins.

Seit ich ihn das letzte Mal gesehen hatte, waren ihm ein paar Stoppeln gewachsen. Dieser Mann sah in einem Anzug aus, als wäre sein Körper für nichts Anderes geschaffen. Die Krawatte, die er heute trug – es musste Roberto Cavalli sein, eine der teuersten Krawatten der Welt –, erinnerte mich an die Seile, mit denen mich Master Kaiden im Club ans Bett gefesselt hatte. Meine Finger glitten über eines meiner Handgelenke. Es gefiel mir ganz und gar nicht, dass die blauen Flecken von diesen Fesseln bereits stark verblasst waren. Das kunstvolle Muster, das Master Kaiden hinterlassen hatte, war kaum noch zu erkennen.

„Guten Tag, Ms. Welch."

„Willkommen zurück, Mr. Brooks."

Wir schauten einander an, aber keiner wollte den Blick abwenden. Als wären wir in einem seltsamen Spiel gefangen.

„Hatten Sie eine gute Geschäftsreise?"

„Natürlich."

„Ich verstehe."

„Ich wollte Ihnen eine neue Firma zuteilen und Sie in einen neuen Deal einbeziehen, aber wie ich sehe, haben Sie bereits mehr Arbeit übernommen, als ich Ihnen übertragen hatte."

Ich war mir nicht sicher, ob er darüber erfreut war. Ich war bei Lester so daran gewöhnt gewesen, mehr zu tun, als er mir aufgetragen hatte, dass es mir mittlerweile einfach zur Gewohnheit geworden war. War es möglich, dass jemand, der sein Unternehmen tatsächlich leitete, anders darüber dachte?

„Sie machen einen fantastischen Job, Ms. Welch. Besser als viele meiner Senior Manager. Ich werde nicht zulassen, dass sie Sie ausnutzen und zermürben. Sie sind zu wertvoll für mich."

„Bin ich das?"

Mr. Brooks nickte. Obwohl er mir direkt in die Augen sah, spürte ich ein Kribbeln zwischen meinen Schenkeln. Ich wollte sein Lob, sehnte mich danach.

„Wollen Sie meinen Bericht über Jackson und Roe hören?"

Er schüttelte den Kopf. „Sie machen Ihren Job ausgezeichnet. Ich weiß, dass ich Sie nicht kontrollieren muss."

Er war hinter mir gekommen. Er war in mir gekommen. Die Art und Weise, wie sich sein Kiefer anspannte, sagte mir, dass er ebenfalls daran dachte.

„Ms. Welch." Er trat näher und zupfte dabei an seiner Krawatte. „Ihnen ist doch klar, dass das, was im Club passiert ist, keinen Einfluss auf Ihren Job haben wird?"

„Ja, Sir."

Bei dem letzten Wort entspannten sich seine Falten ein wenig. Er atmete ein, und seine Brust blähte sich auf. Seine Schultern lockerten sich ebenfalls. „Ich bin sehr gut darin, Freizeit und Arbeit voneinander zu trennen."

„Ich auch." Das war keine Lüge. Es musste nur noch bewiesen werden.

„Sie sind genau wie ich", sagte er und trat ganz in mein Büro. Er schloss die Tür nicht. Er senkte nur die Stimme, als er näher an mich herantrat. „Es fällt Ihnen schwer, die Kontrolle abzugeben."

„Ja", erwiderte ich, und meine Stimme war kaum lauter als ein Flüstern, obwohl niemand vor meiner Tür stand.

Es war Mittagszeit. Ich zog es vor, an meinem Schreibtisch zu arbeiten, anstatt draußen etwas essen zu gehen und mit den anderen zu plaudern. Warum sollte ich das auch tun, denn währenddessen dachte ich nur daran, möglichst schnell an meinen Schreibtisch zurückkehren.

„Jeder will immer etwas von mir – Macht, Geld, Anerkennung. Deshalb lasse ich Kaiden solche Entscheidungen im Club für mich treffen. Auf diese Weise ist es nichts Anstrengendes. Es ist nur ein Vergnügen. Verstehen Sie das?"

„Ja."

Und das tat ich. Ich verstand ihn absolut. Ich hatte diese Befreiung ebenfalls gebraucht. Ich wollte das wieder.

„Ich gehe nicht aus. Ich gehe keine Beziehungen ein. Meine Firma ist meine einzig wahre Geliebte. Meine Loyalität gilt nur ihr. Eine Freundin oder Ehefrau würde das nie verstehen."

Das verstand ich ebenfalls. Deshalb war auch ich schon so lange nicht mehr ausgegangen.

„Im Club muss ich mich nicht mit Beziehungen oder Gefühlen auseinandersetzen. Kaiden wählt die Frauen aus, die ich ficke, also muss ich mich nicht einmal damit befassen. Ich kann einfach nur vögeln, ohne nachzudenken."

„Das können Sie sehr gut."

„Danke."

„Sie haben mir bereits genau das gegeben, was ich wollte: die Chance, mich zu beweisen."

Mr. Brooks schluckte schwer. Sein Blick wurde noch härter, als er mich ansah. Es waren ein paar Zentimeter leerer Raum zwischen uns. Der Ausdruck in seinen Augen sagte mir, dass sie für ihn unüberwindbar waren.

Allerdings mochte ich Herausforderungen. In meinem Kopf entstanden bereits Listen und eine detaillierte Power-Point-Präsentation darüber, wie wir diese Lücke schließen könnten.

„Werden Sie heute da sein?", fragte ich. „Im Club, meine ich."

„Das werde ich."

„Vielleicht spielen wir wieder?"

Mr. Brooks' Schultern versteiften sich, als würde er wieder einmal das Gewicht der Welt auf sich nehmen. Ich wollte meine Worte zurücknehmen. Ich wollte diesem Mann keine weitere Last übertragen, nicht einmal eine Feder wollte ich ihm auf die Schultern legen. Verdammt, ich wollte ihm nur dabei helfen abzuspritzen. Vorzugsweise, während er in mir war.

„Das ist eher unwahrscheinlich. Sam – ihm gehört das

Zimmer – spielt normalerweise nicht gerne mehrmals mit derselben Frau."

„Aber er hat doch gar nicht gespielt." So ein Mist! Hatte meine Stimme einen weinerlichen Ton angenommen?

„Er produziert die Spielzeuge. Er testet gerne seine Prototypen und schaut zu, wie Frauen darauf reagieren. Er mag es, viele verschiedene Testpersonen zu haben, also spielen wir normalerweise nicht zweimal mit derselben Frau."

„Oh."

Wir standen noch eine Weile schweigend da und sahen einander nicht in die Augen. Aber ich ertappte ihn dabei, wie er auf meine Brüste schaute. Mein Blick blieb auf seinem Mund haften. Sein Blick glitt zu meinem Rock hinunter. Meiner glitt zu der Beule in seiner Hose. Dann wandte er sich von mir ab.

„Wirklich gute Arbeit bei dem Jackson und Roe-Deal, Ms. Welch. Und anscheinend auch bei jedem anderen Deal, das in diesem Unternehmen läuft."

Das munterte mich auf. „Danke. Ich werde nächste Woche bereit sein."

„Ich habe volles Vertrauen in Sie", sagte er, als er zur Tür hinausging. Dann rief er noch über seine Schulter: „Ich bin sehr froh, Sie in meinem Team zu haben."

„Master Cornelius hatte eine Beule in seiner Tasche." Josie nippte am Strohhalm ihres leuchtend blauen Cocktails und stützte den Kopf in die Hände.

„Du meinst in seiner Hose?", erwiderte Kellie und wackelte mit den Augenbrauen.

„Nein, in seiner Tasche. Er streifte mich, während er mich auspeitschte, und ich spürte es. Es fühlte sich an wie eine Diamantkette."

„Oh, Süße, das tut mir so leid." Ich strich ihr beruhigend über den nackten Rücken. Als meine Fingerspitzen die dortigen erhabenen Stellen berührten, zuckte ich zusammen. Sie allerdings nicht.

„Warum will mich jeder, mit dem ich spiele, an sich binden? Können wir nicht einfach eine offene Beziehung führen, wie es die Göttin vorgesehen hat?"

Josie wollte sich nicht binden, ich hingegen hoffte auf ein zweites Date. Ich konnte Master Kaiden auf der anderen Seite des Clubs stehen sehen. Er unterhielt sich mit einer großen, schlanken Frau. Sie war so dünn, dass sie bestimmt durch seine Knoten hindurch rutschen würde.

„Wenigstens hattest du heute Abend deinen Spaß", brummte ich.

Josie schniefte und warf sich die regenbogenfarbenen Haare über ihre Schulter. „Als ob ich auf einen Orgasmus verzichten würde, nur weil er eine feste Beziehung eingehen will! Hast du immer noch keinen Spielkameraden für heute Abend gefunden?"

Master Kaiden spielte mit dem Seil in seiner Hand. Die dürre Frau schaute nicht einmal darauf hinab. Aber ich tat es. Ich konnte meinen Blick nicht davon abwenden.

„Hey!" Kellie schnippte mit den Fingern vor meinem Gesicht. „Man sieht dir deine Verzweiflung an."

Ich schlug ihre Hand weg und griff nach meinem Drink – und stellte fest, dass mein Glas leer war. Wenn das mal keine Metapher für mein Sexleben war …

„Wir werden schon jemanden für dich finden, mit dem du spielen kannst", munterte Kellie mich auf.

Ich wollte nicht mit jemand anderem spielen. Ich wollte zurück in das Zimmer mit Master Kaiden, meinem Chef und ihrem perversen Spielzeug-Produzenten. Als hätte er meine Gedanken gelesen, schaute Master Kaiden zu mir.

Von der anderen Seite des Clubs aus grinste er mich an. Seine Lippen bewegten sich nicht. Er lächelte nur. Aber es war, als ob er mir einen Befehl geben würde. Dieses Grinsen sagte: *Komm her*. Ich tat, was er mir befahl.

Ehe ich mich versah war ich aufgestanden und ging auf ihn zu. Kellie und Josie riefen mir nach. Ich ignorierte sie und konzentrierte mich auf mein Ziel.

Als ich ihn erreichte, breitete Master Kaiden die Arme aus. Wie eine Motte, die sich einer Flamme nähert, trat ich ganz nahe an ihn heran. Dann sprang ich direkt ins Feuer.

Master Kaiden war durch und durch feurig: wunderschön, heiß, gefährlich. Er brachte meine Haut zum Kribbeln. Wahrscheinlich, weil ich wusste, was er mit meinem Körper anstellen könnte.

„Maree, du bist wieder zum Spielen gekommen."

„Ja."

Master Kaiden drückte mich an sich. Es war keine freundschaftliche Umarmung. Er drückte mich fest. Vielleicht sogar etwas zu lange. Aber vielleicht war das auch Wunschdenken.

Sicherlich kein Wunschdenken war der Kuss, den er mir mitten auf den Mund drückte und der von einem zufriedenen Brummen begleitet wurde. Er lächelte wieder, als er den Kuss beendete.

Es war ein wissendes Lächeln. Er wusste, wie ich aussah, wenn ich kam. Er wusste, wie ich mich anhörte. Er wusste, dass ich ihn wollte.

„Das ist Tink."

Ich blinzelte die Frau mit den pinkfarbenen Haaren an, die neben ihm an der Bar stand. Sie schenkte mir ein eisiges Lächeln. Was ich erwiderte, war nicht weniger eisig.

Mein Kiefer spannte sich an. Meine Schultern wurden steif. Meine Fäuste ballten sich. Ich war noch nie der Typ Frau gewesen, der um einen Mann kämpfte. In letzter Zeit hatte ich hier nur Premieren erlebt.

Master Kaidens Hand ruhte auf meiner Hüfte. Aber nicht auf der der anderen Frau. Er strich beruhigend über meinen Lendenbereich, in genau den Kreisen, die er auch an meinem Hals gemacht hatte, nachdem er mich zu mehreren Höhepunkten gebracht hatte. Dank seiner kundigen Hände entspannte ich mich.

Ich wünschte, da wäre auch eine Beule in seiner Hosentasche. Ich wünschte, er hätte eine lange Kette, die er mir um den Hals legen wollte. Eine, die mich zu seinem Eigentum machen würde.

Ich wusste, dass das nicht der Deal war. Das hatte Mr. Brooks auch gesagt. Sie wiederholten sich nie.

Master Kaiden begrüßte mich nicht als Liebhaber. Er begrüßte mich als eine Freundin, eine Kink-Kollegin, mit der er später abhängen könnte. Als ob der atemberaubende Sex nur ein Tanz im Club gewesen wäre. Und jetzt wollte er mit jemand anderem tanzen.

„Du stehst also darauf, gefesselt zu werden, Tink?", fragte ich und versuchte, cool zu bleiben.

„Oh Gott, nein", erwiderte sie und rümpfte ihr Stupsnäschen.

„Tink steht auf Kitzelspiele", sagte Master Kaiden.

„Oh", sagte ich. „Das klingt … aufregend."

Master Kaiden sah mich an, als ob er wüsste, dass ich log. Sein Grinsen wurde immer breiter, bis es aussah, als würde er gleich in Gelächter ausbrechen. Er drückte sein Gesicht in meine Haare und küsste meine Ohrmuschel.

„Benimm dich", flüsterte er mir zu. Dann zog er sich zurück und nahm meine Hände in seine. „Lass mich deine Handgelenke sehen."

„Die Flecken verblassen schnell."

Hatte ich es mir eingebildet? Oder flackerte Traurigkeit über seine Züge? Vielleicht wollte er mir noch weitere Male verpassen.

„Mit wem spielst du heute Abend?", fragte er.

„Ich habe mich noch nicht entschieden."

Master Kaiden presste die Lippen aufeinander, während er mich ansah, als wollte er sich beherrschen, nichts zu sagen. Dass er vielleicht gar keine kindischen Kitzel-Spiele mit einer Elfenprinzessin spielen wollte? Dass er vielleicht lieber eine Königin fesseln und ihren Schatz plündern wollte?

Was er jedoch sagte, war: „Sei direkt während der Verhandlungen, schöne Maree."

„Das werde ich."

„Ich schaue später nach dir."

„Okay."

„Sei ein braves Mädchen."

„Ja, Sir."

Master Kaiden grinste daraufhin. Er beugte sich vor und wollte mir einen Kuss auf die Wange drücken. In letzter Sekunde drehte ich das Gesicht, um seine vollen Lippen auf meinen zu empfangen. Er schien nicht überrascht zu sein. Es war, als hätte er es vorausgesehen. Er grinste in den Kuss hinein und knabberte an meiner Unterlippe.

Seine Hand glitt meinen Rücken hinunter und drückte zu. Mein ganzer Körper fing Feuer, nur weil seine Finger über meine Haut strichen. Es ging wieder aus, als er mich losließ.

Ich drehte mich um und ging davon, wobei ich darauf achtete, meine Hüften ein wenig zu wiegen. Er sollte sehen, was er sich entgehen ließ. Vielleicht würde er mir nachlaufen und seine Regeln brechen.

Er kam nicht hinter mir her. Als ich über die Schulter schaute, waren sowohl Master Kaiden als auch die dürre Frau verschwunden. Leider hatte ich jedoch die Aufmerksamkeit von jemand anderem erregt.

„Du siehst aus, als könntest du einen guten Fick gebrauchen."

Vor mir stand ein Biker. Er hatte einen langen Bart mit einem Hauch von Grau darin. Sein Schnurrbart kräuselte sich an den Rändern. Er war von Kopf bis Fuß in Leder gekleidet und hatte ein Seil um den Hals gelegt wie eine Boa Konstriktor.

„Nein, danke", erwiderte ich. Ich drehte mich um, um wegzugehen, aber er hielt meine Hand fest.

„Ich habe gesehen, wie du vorhin die Seile angestarrt hast. Ich bin ein Shibari-Meister."

Er führte das Seil an meinem Handgelenk entlang. Nichts geschah. Ich verspürte nicht die geringste Lust, mich von diesem Typen in einen hilflosen Zustand fesseln zu lassen.

„Nein, danke", wiederholte ich. Wieder machte ich auf dem Absatz kehrt und wollte weitergehen.

„Ach, komm schon. Es wird dich umhauen."

„Wie oft muss ich noch sagen, dass ..."

„Raus!"

Das Wort war leise neben mir ausgesprochen worden. Ich drehte mich nach rechts. Ich hatte ganz vergessen, wie groß Sam war. Die meiste Zeit über war er gesessen. Aber er war groß, größer als der Biker-Dom. Allerdings nicht so breit wie dieser.

„Kringle, ich habe nur verhandelt." Der Biker-Dom hob abwehrend die Hände.

„Nein ist keine Verhandlung", sagte Sam. „Es ist eine Abfuhr."

„Ach, komm schon, Mann."

Sams Schultern zuckten. Ich wich zurück und erwartete, dass diese beiden großen Männer sich prügeln würden. Sam hob lediglich eine Hand und schnippte mit den Fingern.

Zwei Männer traten aus einer Ecke des Clubs hervor. Biker-Dom wich kopfschüttelnd vor ihnen zurück. Die beiden Typen griffen nach ihm und hoben Biker-Dom hoch. Sie trugen ihn im Froschmarsch zur Tür.

„Das hättest du nicht tun müssen", sagte ich.

Sam zuckte mit den Schultern und sah mich an. Seine eisblauen Augen waren hart, als sie in meine blickten. Sie hätten mich eigentlich erschaudern lassen müssen. Aber genau wie bei Master Kaidens Hand auf meinem Rücken, genau wie bei Mr. Brooks' Lob für meine Arbeit, spürte ich, wie sich irgendwo tief in mir Wärme ausbreitete.

„Komm mit!" Sam schnippte mit den Fingern.

„Schmeißen Sie mich auch raus?" Ich hielt Ausschau nach

den beiden Männern, die mich nun ebenfalls mitnehmen würden. Aber niemand trat aus einer dunklen Ecke hervor.

„Hast du irgendwelche Regeln gebrochen?"

„Nein."

„Ich habe ein neues Spielzeug zu testen."

Sam streckte die Hand aus. Er machte mit seinen Fingern eine Komm-her-Bewegung. Er hatte lange, elegante Finger. Wie ein Pianist.

Ich legte meine Hand in seine und ließ mich von ihm führen. So navigierte er mich durch das Labyrinth aus tanzenden Körpern, zuckenden Gliedmaßen und umherfliegenden Leder- und Seilfransen.

Als wir die Tür zu seinem Privatzimmer erreichten, war ich mehr als bereit, ein Tänzchen zu wagen. Es war mir egal, dass ich mir die Jungs mit Tink würde teilen müssen. Nun ja … eigentlich war es mir nicht egal. Aber ich war froh, dieses Zimmer wieder betreten zu können. Als Sam die Tür öffnete, waren nur zwei Leute darin: Master Kaiden und Mr. Brooks.

13

„Ich dachte, Sie mögen keine Wiederholungen“, sagte ich.

„Was ich nicht mag, sind Elfen“, erwiderte Sam. „Oder Kitzeln. Jeder Vollidiot kann einen Staubwedel an einem Motor befestigen. Außerdem waren ihre Haare und Brüste nicht echt. Ich kann nicht mit Betrügern arbeiten.“

Er schloss die Tür hinter uns und setzte sich auf seinen Stuhl in der Ecke. Wieder schlug er die Beine übereinander, um sein Gemächt zu verbergen. Mein Blick verweilte auf ihm. Ich fragte mich, was, oder besser gesagt, wen, Sam Kringle bevorzugte. Dann wandte ich meine Aufmerksamkeit den anderen beiden Männern im Raum zu.

Master Kaiden schlenderte grinsend auf mich zu und starrte mich an, als hätte er mich nicht eben erst gesehen. Er biss sich auf die Unterlippe, als ob er etwas sähe, das ihn hungrig machte. Er würde jeden Teil von mir lecken, saugen oder beißen können, wenn er das wollte.

„Das hier ist unser zweites Mal“, sagte ich zu ihm. „Wir sind uns nicht mehr fremd. Heißt das, dass Sie mich heute ficken werden?“

Er grinste wie ein Haifisch. Da war keine Spur mehr von dem Mann, der mir zärtlich etwas ins Ohr geflüstert hatte. „Zäumst du das Pferd von hinten auf, schöne Maree?"

Hinter ihm zuckte Mr. Brooks zusammen. Er schüttelte leicht den Kopf. In seinen grauen Augen lag ein Lächeln.

„Nein, Sir", erwiderte ich. „Ich werde genau das tun, was man mir sagt."

„Braves Mädchen. Bluse aus."

Ich knöpfte meine Bluse diesmal wie ein Profi auf.

„Hände her."

Ich tat, was mir gesagt wurde. Ich reichte ihm meine Hände mit den Handflächen nach oben. Master Kaiden legte ein Stück Seil über meine Handgelenke, genau dorthin, wo mein Pulsschlag gegen meine Haut pochte. Er band es zusammen und machte einen Knoten. Diesmal war er fester. Das würde definitiv einen blauen Fleck geben.

Sobald meine Hände zusammengebunden waren, zerrte er an mir. Zog mich zu sich heran. Sein Mund prallte gegen meinen.

Das hier war kein freundschaftlicher Kuss einer neuen Bekanntschaft. Dies war der Kuss eines erfahrenen Liebhabers. Er nippte nicht an meinen Lippen. Er trank von ihnen. Als er mir wieder Luft zum Atmen gab, war ich bereits vollends betrunken.

Master Kaiden drehte mich um, und ich stand Mr. Brooks direkt gegenüber. Das Lächeln war aus seinen Augen verschwunden. Auch die Anspannung und der Druck, der im Büro auf seinen Schultern gelegen hatte, waren weg.

Mit einer schnellen Bewegung seiner Finger öffnete Master Kaiden meinen BH. Er war trägerlos, sodass er sofort zu Boden fiel. Als jeder Zentimeter meines Oberkörpers enthüllt war, schien Mr. Brooks' Körper zu seufzen und leichter zu werden.

„Sie ist wunderschön, nicht wahr, Paul?"

Mr. Brooks nickte.

„Du willst sie wieder?"

Mr. Brooks' Blick begegnete dem meinen. Seine Antwort erschütterte mich bis ins Mark. „Ja."

„Ja, ich auch. Ich habe die ganze Woche von ihren perfekten Brüsten geträumt."

Master Kaidens Hände umfassten meine Brüste. Meine Brustwarzen wurden hart unter seinen. Ich lehnte den Kopf nach hinten gegen seine Schulter.

„Komm, halte die für mich, während ich ihre hübsche Muschi auspacke."

Ich hob den Kopf, als Master Kaiden auf die Knie sank und Mr. Brooks auf mich zukam. Mr. Brooks' Blick war wie heißer Stahl, als er auf meine Brüste hinunterblickte. Als seine rauen Hände meine Brustwarzen berührten, wimmerte ich.

„Scheiße, ist die nass", kommentierte Master Kaiden. „Welche Zahl, Sam?"

„Sieben."

„Sieben?" Meine Stimme war höher als die einer singenden Elfe.

„Hast du ein Problem damit, Maree?"

„Nein, Sir."

Und dann tat er etwas Unerwartetes. Master Kaiden krallte seine Finger in meine Taille und kitzelte mich. Ich war so schockiert, dass ich anfing zu kichern.

Sam räusperte sich. Das war eine Warnung. Master Kaiden legte seinen Mund auf meinen und lachte gegen meine Lippen.

„Sam hat das Spielzeug, das wir letzte Woche an dir ausprobiert haben, umkonzipiert. Bist du bereit für einen weiteren Test?"

„Ja, Sir", sagte ich zu Sam.

Dieser zeigte, anders als Master Kaiden oder Mr. Brooks,

keinerlei Reaktion bei dem Wort „Sir". Er holte ein Gerät aus einem Koffer. Das Erste, was mir daran auffiel, war, dass es blau war.

Ich konnte mir ein Grinsen nicht verkneifen. Sam wandte den Blick ab und schien sich etwas unwohl zu fühlen. Als wäre es ihm peinlich, dass er sich meinen kleinen Vortrag von letztem Mal gemerkt hatte.

„Ich habe das Material der Zungenapparatur verändert", sagte er. „Es ist weicher, kann nun aber auch die Vibrationen besser übertragen. Es hat eine neue Geschwindigkeit, und ich habe vibrierende Kugeln hinzugefügt."

„Das ist unfair gegenüber uns normalen Männern", erwiderte Master Kaiden. „Wir können nicht gleichzeitig lecken und ficken."

„Genau", sagte Sam. „Ich versuche, mit meinen Geräten die Lust der Frauen zu befriedigen, nicht die Egos von Männern."

„Bist du bereit dafür, schöne Maree?"

Meine Antwort bestand aus einem lauten Schlucken.

Master Kaiden drückte auf einen Knopf, und der Vibrator erwachte zum Leben. Dabei wackelte seine Zunge wie ein aufgeregter Chihuahua. „Heb sie hoch, Paul."

Mr. Brooks' starke Arme legten sich um mich. Das war auch gut so, denn sobald die erste Vibration mein Geschlecht berührte, gaben meine Beine nach. Das Brummen und mein Keuchen waren die einzigen Geräusche, die den Raum erfüllten.

Mein Blick blieb auf Sam gerichtet. Ich konnte nirgendwo anders hinsehen. In dem Moment, in dem seine blauen Augen meinen begegneten, war ich seine Gefangene.

Es war seine Zunge, die meine Klitoris umspielte, bis sie zu einer geschwollenen Knospe wurde, die kurz vor dem Platzen stand. Es waren seine Eier, die gegen meine Schamlippen vibrierten und Schockwellen durch sie hindurch sandten. Es war sein Name, den ich schrie, als das letzte Streicheln mich über den Gipfel schubste und ich in einen langen, wogenden Höhepunkt stürzte.

„45 Sekunden", sagte Master Kaiden. „Das ist eindeutig eine Verbesserung, Sammie."

„Das geht noch besser." Sam sagte diese Worte zu mir, in ernstem Ton. Beinahe entschuldigend. Es klang wie ein Versprechen.

Ich verstand sie als Drohung meinerseits; eine Drohung, seine Worte wahrzumachen. Ich versuchte, seine Aufmerksamkeit wieder auf mich zu lenken, aber er sah mich nicht mehr an. Sein Spielzeug hatte mir einen Orgasmus beschert. Er hatte sein Ziel erreicht. Sein Blick war auf sein Handy gerichtet, und er tippte etwas hinein.

Ich hatte jedoch keine Zeit, mich über Sams mangelnde Aufmerksamkeit zu ärgern. Ich hatte die volle Aufmerksamkeit der beiden anderen Männer im Raum.

Master Kaiden nahm Mr. Brooks' Platz ein. Er trat hinter mich und zog mich zum Bett. Ich fiel nach hinten und auf ihn, und mein Hintern landete genau auf seiner Leistengegend. Sein Schwanz war hart, lang und dick und drückte gegen meine Pobacken.

Er legte meine Beine über seine Oberschenkel, dann schob er seine Knie auseinander, sodass meine Scham für alle sichtbar war. Wer direkt hinstarrte, war Mr. Brooks.

„Nimm sie dir, Kumpel."

Mr. Brooks nahm sein hartes Glied in die Hand. Er überzog es mit einem Kondom. Dann kniete er sich aufs Bett und zielte genau auf meine Scham. Er sagte kein Wort, es gab kein Vorspiel. Das war auch nicht nötig. Ich war bereits feucht gewesen, als ich über die Türschwelle getreten war. Ich triefte vor Nässe, seit Sams Spielzeug mit mir gespielt hatte.

Jetzt bekam ich noch mehr von dem, was ich wollte: den

Schwanz meines Chefs, der tief in mir steckte. Aber ich wollte noch mehr. Ich wollte wissen, wie seine Lippen schmeckten.

Als hätte er meine Gedanken gehört, drehte Master Kaiden mein Gesicht zu seinem. Er küsste fordernd meinen Mund, während Mr. Brooks meine Möse forderte. Es war eine Reizüberflutung. Ich kam im Handumdrehen.

Ich konnte weder meine Beine noch meine Füße bewegen, um die Anspannung in meinem Körper zu lösen. Ich konnte weder meine Arme noch meine Hände bewegen, um um Gnade zu flehen. Ich wollte es auch gar nicht. Ich wollte, dass sie meinen Körper benutzten. Nicht nur zu ihrem eigenen Vergnügen, sondern auch zu meinem.

Als ich den Kopf zur Seite wandte, begegnete ich Sams Blick. Er beobachtete mich. Studierte wieder mein Gesicht. Als würde er versuchen, jede Nuance zu erfassen, die mich zum Orgasmus gebracht hatte.

Mr. Brooks zog sich nach dem Höhepunkt, den er mir beschert hatte, zurück. Einen Augenblick später wurde ich erneut ausgefüllt, diesmal von unten. Master Kaiden stieß in mich hinein. Sein Schwanz war etwas dicker als der von Mr. Brooks. Er krümmte sich zudem und berührte neue Stellen in mir, die ich noch nicht kannte. Bevor ich wieder zu Atem kommen konnte, kam ich schon wieder.

So reichten sie mich abwechselnd hin und her: Zuerst stieß Mr. Brooks von oben, dann Master Kaiden von unten, und beide hielten meine Beine weit gespreizt und erlaubten mir nicht, sie zu schließen, egal wie sehr ich zitterte und bebte.

Ich hatte die Hände auf meine Brust gepresst, als ob ich ein Gebet sprechen würde. Und das tat ich auch, indem ich mehrfach und laut den Namen der Göttin rief.

Sie schaute auf mich herab und segnete mich wieder und wieder mit Orgasmen, die mir den Verstand raubten. Mit

Orgasmen, die mich so heftig zittern ließen, dass ich keine Kontrolle mehr über meinen Körper hatte. Mit Orgasmen, die ineinander übergingen, bis ich das Gefühl für Zeit, Raum und Selbsterhaltung verlor.

Ich hatte keine Ahnung, ob ich Sams Zahl erreicht hatte. Bestimmt hatte ich sie übertroffen. Das Letzte, woran ich mich erinnerte, war, dass ich sanft geküsst wurde. Meine Augenlider waren zu schwer, um zu erkennen, ob es Master Kaiden oder Mr. Brooks war.

14

Als ich aufwachte, fiel mein Blick sofort auf den Stuhl. Er war leer. Sam war weg. Aber ich war nicht allein im Bett.

Ich war fest und warm eingehüllt. Diesmal war es jedoch keine Decke, die sich an mich schmiegte. Es waren Arme und Beine.

Ich wusste, dass es Master Kaidens Brust war, an der mein Kopf ruhte. Aber ich spürte einen weiteren warmen Körper an meinem Rücken – Mr. Brooks.

Keiner der beiden Männer schlief. Sie unterhielten sich. Ich wollte ihren schützenden Kokon nicht verlassen, also stellte ich mich noch schlafend.

„Ich bin immer noch der Meinung, dass du darüber nachdenken solltest, sie zu erwerben", sagte Master Kaiden.

„Auf keinen Fall", erwiderte Mr. Brooks mit seinem tiefen Bariton.

„Das liegt doch nur daran, dass Golf ein Sport für reiche Leute ist und du reiche Leute hasst."

„Ich bin selbst reich. Und ich kaufe keine Firma für Golf-Videospiele. So etwas ist zum Scheitern verurteilt."

„Ich glaube nicht, dass Maree der gleichen Ansicht ist. Oder doch, meine Schöne?"

Ich hatte mich bei Mr. Brooks' Aussage angespannt. Natürlich hatte Master Kaiden die Veränderung in meinem Körper gespürt. Er schien immer zu wissen, was ich brauchte, noch bevor ich es wusste.

Ich hob den Kopf und genoss die Tatsache, dass ich zwischen diesen beiden wunderschönen Männern eingezwängt war. Diesen beiden nackten Männern. Mit jeweils deutlich spürbarer Männlichkeit.

Ich brauchte ein paar Sekunden, um meine Gedanken zu sortieren. „Golf wird tatsächlich immer beliebter."

Mr. Brooks kniff eines seiner grauen Augen zusammen, als er auf mich herabblickte. Ich fühlte mich wie festgenagelt, als wäre ich wieder in diesem Sitzungssaal und würde mit ausgestreckten Händen mein College-Diplom herzeigen. Was tat ich also? Natürlich bemühte ich Studien und Statistiken, um meinen Standpunkt zu belegen.

„Allein in den USA gibt es über 24 Millionen Spieler. Golf ist ein Sport, der sowohl in Städten als auch in ländlichen Gegenden gespielt werden kann. Er ist weder auf ein Geschlecht noch eine bestimmte Altersgruppe beschränkt. Und Golfurlaube stellen eine immer größere Einnahmequelle für den Tourismus dar."

Die Augenbraue, die sich zuvor zusammengezogen hatte, hob sich nun. Ich war mir ziemlich sicher, dass dies der beeindruckte Gesichtsausdruck von Mr. Brooks war. Ich hatte ihn nun bereits zweimal gesehen.

„Sie ist gut, Paul. Du solltest sie bei Brookings einstellen."

Die darauffolgende Stille war erdrückend. Und in ihr steckte die Wahrheit dessen, was keiner von uns beiden laut aussprach. Natürlich hatte Master Kaiden diese Tatsache spüren müssen.

„Du hast sie doch eingestellt, oder? Sie ist die hungrige Geschäftsfrau, die schlauer ist als du."

„Ich habe nicht gesagt, dass sie schlauer ist als ich."

„Nein, aber ich bin schlauer als du, denn ich habe dich gerade dazu gebracht zuzugeben, dass unsere Maree für dich arbeitet."

Mr. Brooks atmete laut aus. Er ließ sich auf dem Bett zurückfallen und kniff sich in den Nasenrücken.

„Du vögelst mit deinem Boss, schöne Maree?"

„Ich wusste in der ersten Nacht nicht, dass er hier sein würde", erwiderte ich.

„Das ist wohl das Skandalöseste, was er je getan hat, abgesehen davon, dass er mich auswählen lässt, wen er fickt. Weißt du, was das bedeutet?"

Ich schaute nach rechts, wo Mr. Brooks immer noch den Kopf schüttelte. Dann wieder nach links, wo Master Kaiden teuflisch grinste.

„Das bedeutet, dass du zwei deiner Chefs fickst. Da er für mich arbeitet."

„Du arbeitest *mit* mir", entgegnete Mr. Brooks mit einem verärgerten Seufzer. „Im Stillen. Als stiller Teilhaber."

„Wir geben ihr eine Gehaltserhöhung."

„Was? Nein!", rief ich und setzte mich aufrecht im Bett auf. Die Bettdecke rutschte herunter und entblößte meine nackten Brüste. Ich beeilte mich, sie wieder hochzuziehen. „Ich habe mir meinen Platz bei Brookings verdient. Ich will keine Vorzugsbehandlung, nur weil ich mich von Ihnen beiden um den Verstand ficken lasse."

Master Kaiden drückte mich wieder nach unten. Er rollte sich auf mich, unter seinen großen Körper. Er lächelte mich mit seinem haifischartigen Grinsen an, das mir sagte, dass er mich auffressen würde, wenn ich nicht aufpasste.

Ich schlug alle Vorsicht in den Wind. Ich zog die Decke von meinem Oberkörper und legte meine Brüste und meine wunden Handgelenke wieder frei. Wenn der Biss dieses Mannes so sein sollte wie seine Finger, seine Zunge und sein Schwanz, dann würde ich mich von ihm verschlingen lassen.

„Willst du wissen, warum du eine Gehaltserhöhung bekommst, Maree? Weil ich darauf wette, dass du diesen Job für weit weniger angenommen hast, als du verdienst."

„Hey", protestierte Mr. Brooks. „Ich zahle ihr ein konkurrenzfähiges Gehalt."

„Verdopple es. Sie ist es wert, und du weißt es."

„Nein", beharrte ich.

Master Kaiden warf mir einen strengen Blick zu. Wir waren wieder beim Thema Safeword. Aber das hier betraf eine Situation außerhalb des Kink-Clubs.

„Ich muss es mir verdienen", beharrte ich.

„Schöne Maree." Master Kaiden presste seine Lippen auf meine. Dann drängte er mich, ihn in meinen Mund einzulassen. Ich tat es. Er küsste mich besinnungslos.

Als er aufhörte und fortfuhr zu sprechen, hatte ich Mühe, mich an das Thema des Gesprächs zu erinnern. „Würdest du diesen Job für die Hälfte des Gehalts, das du derzeit bekommst, ausüben?"

Ich nickte.

„Deshalb bekommst du eine Gehaltserhöhung. Für dich geht es nicht ums Geld. Es geht um die Arbeit. Es geht darum, wie klug du bist, und darum, dass du es zum Ausdruck bringen musst. Du kannst nicht anders. Du würdest diese Arbeit trotzdem machen."

Er hatte recht. Auch wenn ich keinen Respekt vor Lester gehabt hatte, hatte ich den Job geliebt. Ich liebte es, etwas zu nehmen und es wachsen zu lassen. Und bei Brookings hatte ich sogar ein noch größeres Spielfeld.

„Abgemacht. Du bekommst also eine Gehaltserhöhung."

Ich schaute zu Mr. Brooks. Dieser zuckte mit den Schultern, als wollte er sagen, dass es sich nicht lohnte, mit Master Kaiden zu streiten.

„Aber was werden die Leute denken?", fragte ich.

„Welche Leute?", fragte Master Kaiden. „Wer auch immer sie sind, es ist mir egal, was sie denken."

Mir war es das nicht. Wie weit würde ich kommen, wenn die Leute vermuteten, dass ich es nur durch Lügen geschafft hatte? Andererseits war es auch nicht so, dass die beiden es jemandem erzählen würden. Ihr Sexleben spielte sich nur in diesem Club ab.

„Wir sollten dich nach Hause bringen", sagte Master Kaiden. „Der Club hat schon vor Stunden geschlossen."

„Oh, nein." Ich setzte mich wieder aufrecht hin und fragte mich, warum Kellie und Josie nicht an die Tür geklopft hatten, um mich abzuholen. „Ich bin mit meinen Freundinnen hergekommen."

„Sie sind schon längst weg", erwiderte Master Kaiden. „Sie haben nach dir gesehen, und wir haben ihnen gesagt, dass wir uns um dich kümmern werden."

„Kellie hat dem zugestimmt?"

„Nein, das hat sie nicht. Ich habe sie einen Blick hineinwerfen lassen, damit sie sehen kann, dass du noch atmest."

„Das klingt schon eher nach ihr."

„Hey", sagte Master Kaiden und fuhr mit einer Hand durch meine Haare. Er legte seine Finger in meinen Nacken und drückte zu.

Ich schloss die Augen vor Ekstase. Wollte er gleich noch eine Runde drehen? Allerdings wusste ich nicht, ob ich dazu in der Lage sein würde.

„Verbringe das Wochenende mit uns", schlug Master Kaiden vor. „Ich will dich noch einmal kosten, und ich will nicht eine ganze Woche warten müssen."

Mein Herz schlug schneller. Master Kaiden ließ mich nicht nur wissen, dass es eine dritte Runde mit mir in diesem

Raum geben könnte, er wollte auch, dass diese dritte Runde möglichst früh begann.

„Wenn nicht, arbeitet ihr beide das Wochenende womöglich durch, anstatt es für das zu nutzen, wofür es gedacht ist. Nämlich für eine Pause. Und Ficken. Viel, viel Ficken und Orgasmen."

Ich wandte mich an Mr. Brooks. „Ist das in Ordnung, Mr. Brooks? Ich weiß, dass es Ihnen wichtig ist, Geschäftliches und Vergnügen zu trennen."

Mr. Brooks' Kehle bewegte sich. Ich spannte mich an und erwartete, dass sich sein Körper wieder verkrampfen würde. Das tat er jedoch nicht.

Er schenkte mir ein Lächeln, und dann erwiderte er: „Ja, Maree. Aber du weißt, dass ich dir am Montagmorgen bei der Sache mit Jackson und Roe keine Nachsicht zuteilkommen lassen werde."

„Natürlich, Sir."

„Paul."

„Natürlich, Paul. Ich erwarte keine Nachsicht. Und wenn ich die Gelegenheit bekomme, dir einen zu blasen, wirst du sehen, dass ich auch in dieser Hinsicht über gewisse Fähigkeiten verfüge."

„Abgemacht."

15

„Ich sollte besser nach Hause fahren und mir etwas Anderes anziehen."

„Wozu?", fragte Kaiden und machte mit seinem Sportwagen eine Rechtskurve. Allerdings hatte er nur seine linke Hand am Steuer. Die Rechte wanderte zum Beifahrersitz und unter meinen Rock.

Wir fuhren auf der Hauptstraße, die zu meiner schäbigen Wohnung im Südosten von DC führte, wechselten jedoch auf die I-295. Nur 20 Minuten später waren wir über die Brücke nach Nord-Virginia gefahren, wo die Häuser nicht mehrstöckig waren, sondern sich Backsteingebäude im Kolonialstil aneinanderreihten – mit jeweils großzügigem Garten.

Ich war noch nie auf dieser Seite der Stadt gewesen. Die U-Bahn hatte hier keine Haltestellen. Ich klammerte mich an die Kante des Beifahrersitzes, während Kaiden mit halsbrecherischer Geschwindigkeit weitere Kurven fuhr und sich seine Finger an meinem Höschen zu schaffen machten.

Paul saß auf dem Rücksitz, die Augen geschlossen, den Kopf gegen die Kopfstütze gelehnt. Seine Haltung war entspannt, als wäre er es gewohnt, die Geschwindigkeitsvorgaben zu überschreiten und mit dem Tod zu flirten.

Wir bogen in eine lange, gewundene Straße. Sie war gut beleuchtet und fast menschenleer. Zwischen den Häusern befand sich jeweils mindestens ein Fußballfeld an Privatgrund.

Wir bogen in eine Einfahrt ein, die sich in zwei Fahrspuren gabelte. Wir nahmen die Rechte. Eine große, weiße Villa tauchte vor der Windschutzscheibe auf. Ich war so damit beschäftigt, das Haus zu betrachten, dass ich nicht bemerkte, wie wir anhielten.

Paul öffnete die Augen, nachdem das Auto zum Stehen gekommen war. Er stieg aus und öffnete mir die Tür. Ich ergriff die Hand, die er mir reichte, und ließ mir von seiner Ruhe meine überstrapazierten Nerven von der rasanten Fahrt beruhigen.

„Ist das euer Haus?", fragte ich.

„Es ist sein Haus." Kaiden deutete mit dem Daumen auf Paul. „Ich schlafe hier nur. Habe hier ein paar Sachen. Und hole meine Post hier ab."

„Oh." Ich nickte, als wir die Eingangstreppe hinaufstiegen. „Das klingt ein wenig seltsam."

„Er hat ein eigenes Haus", kommentierte Paul.

„Meine Eltern kennen dessen Adresse", sagte Kaiden und erschauderte. „Sie haben die unangenehme Angewohnheit, unangemeldet zu Besuch zu kommen."

„Du könntest es verkaufen", schlug ich vor.

„Nö. Es ist Teil meines Treuhandfonds."

„Du bist ein Treuhandfonds-Kind?"

Kaidens Grinsen wirkte im schummrigen Licht des großen Foyers wieder wie das eines Hais. „Und zwar von der schlimmsten Sorte. Völlig unverantwortlich und orientierungslos."

Während er sprach, führten mich die beiden die Treppe hinauf und einen Flur hinunter. Ich folgte, wohin man mich leitete, begierig auf das, was sie mit mir anstellen wollten.

„Ich hatte keine Ahnung, was ich mit meinem Geld anstellen sollte", fuhr Kaiden fort. „Also übergab ich es ihm, und wir wurden Partner."

„Stille Partner", korrigierte Paul und öffnete eine Tür am Ende des Flurs. Das Licht ging an, und ich stand vor einem Bett, das so groß war wie meine gesamte Wohnung. Paul ging zum Fenster und zog die Vorhänge weit auf. In der Ferne war eine weitere Villa zu sehen, weiß wie diese. Nur ein einziges Licht brannte darin. Mein Blick blieb darauf gerichtet, als wäre es der Nordstern.

„Ich war sein erster Investor. Paul hat meine Millionen verdreifacht, und jetzt verfügen wir nicht mehr nur über Millionen, sondern Milliarden. Ich habe gehört, du bist auch eine gute Investition."

„Das bin ich, ja." Ich reckte das Kinn in die Höhe und betrachtete die beiden. Sie standen nebeneinander und stierten mich an wie hungrige Wölfe. „Ich werde die Übernahme von Jackson und Roe für Brookings abschließen."

„Oh, das ist in dieser Gegend ein Schimpfwort, Ms. Welch."

„Wollen Sie mir den Mund mit etwas stopfen, Mr. Brooks?"

Als Antwort wurde ich hochgehoben. Ich war mir nicht sicher, von wem. Es war auch egal. Ich wurde auf das riesige Bett geworfen, und meine Beine wurden gespreizt.

„Zieh sie aus, während ich etwas suche, mit dem ich sie fesseln kann!"

Paul stand über mir und band seine Krawatte los. Es war dieselbe Krawatte wie bei unserem ersten Treffen. Bei ihrem Anblick stockte mir der Atem.

„Du perverse kleine Nachwuchsmanagerin", sagte Kaiden.

Kaiden nahm Pauls Krawatte entgegen. Ich reckte meine Hände willig nach oben, als wäre ich ein Geschenk, das eingepackt werden wollte. Kaiden band meine Unterarme mit der Krawatte meines Chefs zusammen.

„Reicht das fürs Erste?", fragte er.

Vermutlich schon. Die Krawatte bestand aus dicken Fäden und weichem Stoff. Ich zerrte daran, und sie hielt. Ich vergaß die Welt um mich herum und wartete auf Kaidens Befehle.

„Hol mir noch ein paar Krawatten, Paul!"

Auf dem Bett wurden ein paar Krawatten abgelegt. Meine Knöchel wurden mit Christian Lacroix-Krawatten an meine Oberschenkel gebunden. Kaiden wickelte mir eine diamantbesetzte Stefano Ricci-Krawatte um den Hals und zerrte daran, bis ich nach Luft schnappen musste. Mir traten die Augen leicht aus dem Kopf, und mein Geschlecht pulsierte, als er Paul sagte, er solle in mich eindringen. Paul zog ein Kondom über und tat wie ihm geheißen.

„Mir ist gerade klargeworden, dass ich diese hübsche Muschi noch nicht gekostet habe."

Kaiden legte sich mit der Brust auf meinen Bauch. Mit den Händen spreizte er meine gefesselten Oberschenkel weiter. Sein Kinn ruhte auf meinem Nabel, und dann umkreiste seine Zunge meinen Kitzler. Währenddessen stieß Paul in mich hinein.

Meine Arme waren unbeweglich. Meine Beine waren gespreizt. Eine Krawatte lag eng um meinen Hals geschlungen. Ich war gefesselt, aber ich fühlte mich freier als je zuvor in meinem Leben.

Kaidens samtige Zunge leckte meine Klitoris. Pauls harter Schwanz stieß in mich hinein, und seine Eier klatschten gegen meinen Hintern. Und alles, woran ich denken konnte, während ich nonstop kam, war, dass ich mir wünschte, Sam wäre hier, um das zu sehen. Bestimmt könnte er diese Informationen nutzen, um sein Sexspielzeug zu verbessern.

Irgendwann schliefen wir alle in einem Gewirr aus Gliedmaßen ein. Als ich am Samstagmorgen aufwachte, lag ich in Pauls Armen. Meine Hände und Beine waren frei, aber eine seiner Krawatten lag noch um meinen Hals.

Als ich daran zerrte, drehte ich mich zu Kaiden, der meine Lippen in einem Morgenkuss verschlang. Er streifte ein Kondom über und glitt dann sanft in mich hinein. Er stieß nicht zu. Er blieb einfach in mir, während seine Zunge die meiste Arbeit erledigte. Innerhalb weniger Minuten pulsierte ich um seinen Schwanz herum.

Ich schlief wieder ein und wurde von Essensgeruch geweckt. Paul hatte ein Take-away-Gericht bestellt, das wir auf dem Bett zu uns nahmen, weitgehend nackt. Als ein Bissen meinen Mund verfehlte und auf meiner Brust landete, wurde ich Teil des Menüs, und die beiden Männer legten ihre Plastikgabeln weg und leckten jeden Zentimeter meines Körpers ab.

Als ich das nächste Mal aufwachte, hatte ich das unangenehme Gefühl, dass an diesem Tag etwas Wichtiges passieren würde. Ich konnte mir nichts Besseres vorstellen, als zwischen diesen beiden warmen Körpern eingeklemmt zu sein. Aber das unangenehme Gefühl hielt an, bis ich mich plötzlich kerzengerade aufrichtete.

„Heute ist Montag", rief ich.

„Wen interessiert das schon?", entgegnete Kaiden.

„Wir kommen zu spät zur Arbeit", sagte ich zu Paul.

Paul streckte die Hand aus und drückte mich wieder an seine Brust. „Ich kenne deinen Chef. Ich schicke ihm eine Nachricht."

Sein Herzschlag an meiner Wange vertrieb all meine

Sorgen. Ich kuschelte mich wieder an ihn. „Hoffen wir mal, dass keiner das Büro abfackelt, während wir weg sind."

Unsere Herzen klopften einmal, dann noch einmal. Dann standen wir beide auf, nachdem wir diese Möglichkeit ernsthaft in Betracht gezogen hatten. Kaiden blieb liegen.

16

Es war seltsam, allein in meinem Bett mit meiner dünnen Bettwäsche zu schlafen, die keinerlei Seidenfäden enthielt. Drei Nächte zwischen zwei Milliardären hatten mich verwöhnt. Als ich das Büro am Montagabend verließ, führte Paul immer noch ein Auslandsgespräch.

Ich konnte nicht bleiben. Denn ich wollte nicht anhänglich wirken – obwohl ich mich ihm am liebsten an den Hals geworfen hätte. Ich wollte mich jedoch nicht zu weit hinauslehnen, obwohl ich die Grenzen meiner Beziehung zu ihm gerne ausgelotet hätte. Ich wollte auch nicht, dass die anderen im Büro mitbekamen, dass ich etwas mit ihm hatte.

Ich war immer noch dabei, meinen Ruf bei Brookings aufzubauen. Mein erster großer Test stand Ende dieser Woche an. Ich würde mein Image als knallharte Geschäftsfrau verteidigen müssen, aber meine Vagina war immer noch wund.

Wir hatten das ganze Wochenende über gefickt. Drei Nächte – und Vormittage und Nachmittage – nonstop gefickt. Fünf Nächte weg von Kaiden und Paul würden mir guttun. Es würde mir helfen, mein zweites Ich als starke, unabhängige Frau wieder auszugraben.

Was, wenn sie am Freitag im Club mit jemand anderem spielen wollten? Ich würde es vermutlich nicht schaffen, meine Gefühle so sehr im Zaum zu halten. Selbst wenn sie die andere Frau nicht ficken, sondern nur eines von Sams neuen Spielzeugen an ihr ausprobieren würden.

Es kam mir vor, als gehörten seine Erfindungen nur mir. Auch wenn ich wusste, dass sie alle zum Verkauf angeboten wurden. Irgendwann während des Arbeitstages hatte ich „Sam Kringle" gegoogelt. Die Kringles waren eine erfolgreiche Dynastie in der Spielzeugindustrie – sowohl in der Kinderspielzeug- als auch in der Sexspielzeug-Branche. Offenbar hatte es einen Bruch in der Familie gegeben, und die Trennlinie bestand darin, für die Kinderseite oder für die Erwachsenenseite des Geschäfts zu arbeiten.

Sam spielte natürlich mit den Großen. Er hatte damit Millionen verdient. Seine Millionen waren mir egal. Ich wollte, dass er mir wieder zusah, während ich kam.

Weder Kaiden noch Paul hatten etwas über das kommende Wochenende gesagt. Sie hatten angedeutet, dass sie mich nächsten Freitag gerne wieder ficken würden. Aber das war so weit weg. Wir hatten keine feste Beziehung außerhalb des Spiel- oder Schlafzimmers. Ich wollte niemanden sonst in meine Zimmer lassen.

Ich sah mich in meiner spärlichen Wohnung um. In mein Bett passte außer mir kaum jemand, schon gar nicht zwei gut gebaute Männer.

Das Klingeln an meiner Tür ließ mich hochschrecken. Vielleicht war es Paul, der nach seiner Besprechung nach mir sehen wollte? Vielleicht war es Kaiden, der nach einem langen Tag voller … was auch immer er tat, abhängen wollte? Vielleicht war es Sam, der Verbesserungen an seinem neuesten Spielzeug testen wollte?

Aber nein. Als ich die Tür öffnete, waren es meine Mädels. Meine Schultern sackten beim Anblick ihrer vertrauten Gesichter zusammen.

„Wenn das mal nicht heißt, dass du in einen Typen verknallt bist", sagte Kellie zur Begrüßung.

„Wenn es doch nur ein Typ wäre", erwiderte ich.

„Setz dich hin und erzähl!", befahl Josie.

Und das tat ich auch. Ich erzählte ihnen alles, wie es Freundinnen eben tun. Ich erzählte ihnen, wie Kaiden mich gefesselt und mich mit jedem Knoten feuchter gemacht hatte. Ich erzählte ihnen von Pauls meisterhafter Zunge und seinem perfekten Schwanz. Ich erzählte ihnen von Sam und seinem Ideenreichtum in Sachen Spielzeug, das den weiblichen Körper erfreut.

„Du bist das ganze Wochenende dort geblieben?", fragte Josie.

„Sie haben mich nicht aus dem Bett gelassen."

„Das ist eine ernste Angelegenheit", sagte Kellie.

„Meinst du?" Hoffnung schwang in meiner Stimme.

„Du musst sie wissen lassen, dass du deine Bedingungen neu verhandeln willst", erwiderte Kellie.

Ich stöhnte und zog mir ein Kissen über den Kopf. Das Schöne an meiner Beziehung zu diesen Männern war, dass ich nicht verhandeln musste. Ich musste nichts weiter tun, als mich zurückzulehnen und in den Lustgefühlen zu ertrinken, die sie mir bereiteten.

Kellie riss mir das Kissen vom Gesicht und fuhr mit ihrem unliebsamen Vortrag fort. „Das ist es, worum es in einer D/S-Beziehung geht. Du sagst klar und deutlich, was du willst und was du erwartest. Wenn diese Wünsche und Erwartungen nicht erfüllt werden, ziehst du weiter."

„Was genau willst du, Maree?", fragte Josie.

„Ich möchte eine feste Beziehung."

„Mit wem?", fragte Kellie.

„Mit beiden." Eigentlich mit allen dreien. Denn ich wollte, dass Sam meine Orgasmen beobachtete und mit mir teilte. Ich wollte seine Testperson sein, sogar seine Muse.

„Hey, das hier ist das 21. Jahrhundert", sagte Kellie. „Wir haben die gläserne Decke durchbrochen. Warum kann eine Frau nicht mit mehr als einem Mann am Arm ausgehen?"

Aber ein öffentlicher Auftritt würde mit *einem* dieser Männer zum Problem werden. „Es gibt etwas, das ich euch noch nicht erzählt habe."

Sowohl Kellie als auch Josie beugten sich neugierig nach vorne. Sie hatten die Information, dass ich mehr als einen Typen gleichzeitig fickte, mit Nonchalance aufgenommen. Denn sie hatten schon mit mehr als einem Mann gevögelt, als sie im Club auf dem Boden gelegen hatten. Das war also keine große Sache. Das hier jedoch schon.

„Einer von ihnen ist mein Chef."

Sie lehnten sich beide zurück, mit entsetzten Gesichtern, als hätte ich ihnen gesagt, dass ich ein Tentakelmonster vögeln würde.

„Eigentlich sind zwei meine Chefs. Weil Kaiden ein stiller Teilhaber bei Brookings ist. Also ficke ich meinen Chef mal zwei."

Jetzt starrten sie mich an, als hätte ich ihnen erzählt, dass das Tentakelmonster, das ich fickte, eigentlich aus dem Weltall kam.

Josie war die Erste, die sich erholte. „Na ja, du hast noch nie etwas auch nur halbwegs richtig gemacht."

„Das ist ein Verstoß gegen Regel Nummer eins", sagte Kellie und sah dabei ganz und gar nicht amüsiert aus. „Wir lassen nicht zu, dass irgendein Schwanzträger unsere Karriere versaut. Du setzt nicht nur dein Herz, sondern auch deinen Lebensunterhalt aufs Spiel."

„Ich konnte nicht anders", klagte ich. „Jetzt stecke ich so tief drin, dass ich keinen Ausweg mehr sehe."

17

Als ich heute Morgen an Pauls Bürotür klopfte, trug ich wieder meine High-Heels. In gewisser Weise war ich auf eine Beförderung aus. Nur nicht auf eine, die mit einem eigenen Büro einhergeht. Ich hoffte, dass er mir eine Schublade in seinem Kleiderschrank zuweisen würde.

„Mr. Brooks, haben Sie einen Moment Zeit?“

Pauls Schultern spannten sich an, als er seinen Namen hörte. Als er aufblickte, wich alle Anspannung aus seinem Oberkörper, wie Regenwasser, das in einen Gully läuft. Sein Blick fuhr wie eine Liebkosung über mich, dann aber setzte er wieder eine ernste, geschäftsmäßige Miene auf.

„Ms. Welch, natürlich habe ich Zeit für Sie. Janet, würden Sie meine Anrufe bitte entgegennehmen, während ich mich mit Ms. Welch unterhalte?“

Janet nickte, ohne einen Blick auf uns zu werfen. Sie hatte einen Berg von Papierkram auf ihrem Schreibtisch. Ich hielt einen Ordner in Händen, aber ich war nicht gekommen, um über den Deal mit Jackson und Roe zu sprechen. Die Vorbereitungen waren bereits abgeschlossen.

„Hey“, sagte Paul, als die Tür zugefallen war.

„Hey", wiederholte ich.

Paul zerrte an seiner Krawatte. Ich starrte darauf. Es war die diamantbesetzte Stefano Ricci, die Kaiden um meinen Hals gelegt hatte. Pauls Zeigefinger zerrte am Knoten, bis er sich löste.

„Hast du letzte Nacht gut geschlafen?", fragte er. „Es tut mir leid, dass ich dich verpasst habe, als du Feierabend gemacht hast. Ich hätte angerufen, aber das Meeting ging bis in die späten Abendstunden."

„Ich habe gut geschlafen", log ich. Nachdem Kellie und Josie gegangen waren, hatte ich Fieberträume über ihn, Kaiden und Sam gehabt. Auch wenn die Klimaanlage auf Hochtouren gelaufen war, war mir die ganze Nacht lang heiß gewesen.

„Gibt es ein Problem bezüglich der Sache mit Jackson und Roe?"

„Nein, natürlich nicht."

„Nein, natürlich nicht." Paul grinste. Sein Blick wanderte zu meinen Lippen. „Was ist es dann? Was kann ich für dich tun, Maree?"

Ich legte den Ordner auf seinem Schreibtisch ab. Ich konnte mich nicht mehr aufrecht halten, als er mit dieser Schlafzimmerstimme zu mir sprach und Worte benutzte, die mein Höschen in ein Feuchtbiotop verwandelten.

„Ich hätte wahrscheinlich bis nach der Arbeit warten sollen, um mit dir darüber zu reden", erwiderte ich. „Aber ich habe in deinem Terminkalender nachgesehen, und du hast den ganzen Abend über Besprechungen, und ich wollte nur ..."

Er zog mich an sich. Seine großen, rauen Hände lagen auf meinem Rücken. Er drückte meine Brüste an seine Brust. Dann presste er seine Lippen auf meine.

Ich öffnete mich ihm, ließ ihn in meinen Mund, in meine Welt, in mein Herz. Pauls Kuss war fordernd. Seine Zunge begegnete meiner auf halbem Weg. Er trank von mir. Ich trat von ihm. Als wir den Kuss beendeten, atmete ich seinen Atem ein. Als ich ausatmete, nahm er meinen Atem in sich auf.

„Das wollte ich schon den ganzen Morgen tun", sagte er.

„Das macht die Grenzen zwischen Privatem und Beruflichem sehr unscharf", erwiderte ich und machte einen Schritt nach hinten.

„Es tut mir leid." Er ließ mich los und trat ebenfalls einen Schritt zurück. Kaum hatte er seine Ferse abgesetzt, packte er mich erneut. „Nein, tut es eigentlich nicht."

Paul zog mich wieder an sich und küsste mich erneut. Dieses Mal forderte er noch mehr. Er raubte mir den Atem. Er raubte mir die Zunge. Er raubte mir den Verstand. Ich gab ihm bereitwillig alles und suchte in mir nach mehr, was ich ihm noch geben könnte.

Ich hörte ein Freizeichen. Dann wurden Ziffern nach dem Muster einer Telefonnummer gedrückt. Es war niemand sonst im Raum. Ich öffnete ein Auge und sah Pauls Zeigefinger, der eine Nummer wählte. Seine Lippen lösten sich nicht von meinen.

„Was gibt's?" Das war Kaidens Stimme durch den Hörer der Freisprechanlage.

„Ich habe Maree bei mir im Büro", antwortete Paul.

„Hey, meine Schöne, hast du letzte Nacht von mir geträumt? Denn ich habe von dir geträumt. Ich werde jede Szene mit dir nachspielen, sobald ich dich in die Finger bekomme."

„Ich habe sie jetzt in meinen Armen", sagte Paul. „Ich will sie."

Kaidens Seufzer drang durch den Hörer. „Gut. Du darfst ihre Muschi lecken."

„Danke, Mann."

Paul war bereits dabei, seine Hand unter meinen Rock zu

schieben. Mein Hintern stieß gegen die Kante seines Schreibtischs. Paul lehnte sich in seinem Bürostuhl zurück und stellte meine Füße auf dessen Armlehnen.

„Sollten wir nicht besser warten?", fragte ich.

Paul sah zu mir auf, als wäre er erschrocken darüber, dass ich in der Lage war zu sprechen. Ich schaute zwischen Paul und dem Telefon hin und her. Dann auf die Tür. Paul schüttelte den Kopf.

„Ich glaube nicht, dass ich bis fünf Uhr warten kann und dann quer durch die Stadt fahren will, um dich zu haben, Maree."

„Was ist los?", fragte Kaiden. „Ist sie ungehorsam?"

„Sie hat Angst vor Sex am Arbeitsplatz."

„Ich könnte eine Bombendrohung aussprechen und alle dazu bringen, das Gebäude zu verlassen", bot Kaiden an.

„Nein", sagte ich zum Telefon. „Nein", sagte ich zu Paul.

„Wäre es dir lieber, wenn wir es nur am Wochenende miteinander treiben?", fragte Paul. Er drückte meine Oberschenkel zusammen. Die Enttäuschung in seiner Stimme war deutlich zu hören. Die Anspannung kehrte in seine Schultern zurück. Ich konnte sehen, wie sie sich zu straffen begannen.

Ich zog meine Knie an und stellte einen Fuß wieder auf die Armlehne. „Nein, ich wollte dich letzte Nacht. Ich will nur nicht, dass es meinem Ruf schadet."

„Maree, du weißt, wie sehr ich dich respektiere", sagte Paul.

Man hörte lautes Fluchen durchs Telefon. „Deshalb braucht ihr beide mich in dieser Beziehung", sagte Kaiden. „Wen kümmert es schon, was andere Leute denken? Oder wen sie respektieren. Und jetzt haltet die Klappe, ihr beiden! Maree, spreize deine schönen Schenkel! Paul, steck deine Zunge jetzt in ihre Muschi!"

Paul hob eine Augenbraue, als ob er mich fragen wollte, ob ich wieder protestieren würde.

„Ja, Master Kaiden", sagte ich.

Paul zog mir das Höschen aus. Er stöhnte, als er mir unter den Rock schaute. Er machte sich nicht die Mühe, ihn nach oben zu schieben. Er tauchte einfach seinen Kopf unter das Kleidungsstück, als wäre es ein Tunnel.

In der Zwischenzeit gab Kaiden ihm am Telefon genaue Anweisungen. Ich versuchte, leise zu sein. Aber verdammt, es war unglaublich erregend, Kaidens Stimme in meinem Ohr zu hören und Pauls Zunge an meiner Muschi zu spüren.

Ich schlang die Beine um Pauls Rücken. Ich grub meine Fingernägel in seine Kopfhaut, als er mich höher und höher steigen ließ. Meine Absätze kratzten an seiner teuren Anzugsjacke, als ich kam.

„Ist das besser, Kumpel?", fragte Kaiden.

„Ja", antwortete Paul, wischte sich meinen Saft vom Mund und leckte ihn von seinem Daumen. „Danke, Mann."

„Du wirst sie ficken, nicht wahr?"

„Ich muss jetzt auflegen, Kai." Pauls Daumen schwebte über der „Auflegen"-Taste.

„Du verdammter …"

Mein Kichern mischte sich mit dem Freizeichen. Ich schaute zur Tür seines Büros und versuchte zu lauschen, ob draußen jemand war. Aber ab dem Moment, in dem Paul seine Hose fallen ließ, seinen Schwanz mit einem Kondom überzog und in mich eindrang, war mir alles egal. Es zählte nur noch das, was er mich fühlen ließ.

18

„Hast du alles, was du brauchst?", fragte Kaiden.

Ich hielt den USB-Stick mit meiner Präsentation hoch. Sie befand sich zwar auch in der Cloud, aber ich hatte für den Fall der Fälle auch eine Sicherungskopie erstellt.

„Das ist mein braves Mädchen."

Das war ich. Ich war sein braves Mädchen. Das hatte ich beweisen müssen, als er mir gestern Abend den Hintern versohlt hatte, nachdem ich Paul ohne seinen Segen gefickt hatte. Aber dann hatte Kaiden Paul befohlen, meine roten Arschbacken zu lecken, was dann in mein allererstes Analrimming übergegangen war. Danach war ich wieder und wieder gekommen. Es war also alles gut gegangen.

„Ich werde den ganzen Tag in Meetings sein", sagte Paul und schaute auf sein Handy. „Wir feiern heute Abend mit einem Dessert."

„Du wirst die Kirsche auf dem Sahnehäubchen sein, schöne Maree", sagte Kaiden.

Paul legte eine Hand auf meinen Rücken und zog mich zu

sich heran. Er drückte seine Lippen auf meine. Der Kuss war sanft, aber ich wusste, welche Leidenschaft hinter seinem kühlen Blick steckte.

Ich drehte mich zu Kaiden um, der deutlich mehr Enthusiasmus an den Tag legte. Er griff mir in den Nacken und zog meinen Kopf nach hinten. Sein Kuss war nicht sanft. Er schürte das Feuer in meinem Inneren, von dem ich fälschlicherweise angenommen hatte, es sei nach dem Marathon von gestern Abend ausgegangen. Offenbar war ich bereit für einen Ultramarathon mit den beiden.

Es faszinierte mich immer noch, dass weder Paul noch Kaiden Probleme damit hatten, mich zu teilen. Ich hatte gar nicht gewusst, dass ich mir diese Art von Beziehung gewünscht hatte. Und nun hatte ich sie, und sie war besser als jede Fantasie.

Jackson and Roe, Inc. ragte groß aus der Skyline von DC heraus. Das Gebäude war in Grau und Weiß gehalten. Ich selbst war vom Blazer bis zu den Absätzen in Rot gekleidet. Ich war bereit.

„Danke, dass du mir das anvertraut hast, Paul."

„Das ist kein Vertrauen", erwiderte er. „Ich habe deine Arbeit gesehen. Ich habe keine Zweifel an deinen Fähigkeiten."

Er drückte mir einen zärtlichen Kuss auf die Lippen. Dann setzte er sich wieder ins Auto. Kaiden zwinkerte mir zu, bevor er auf den Fahrersitz sprang. Sie fuhren los. Ich wandte mich dem Gebäude zu und ging hinein.

Im Foyer meldete ich mich bei der Empfangsdame. Sie teilte mir mit, dass sich die Eigentümer der Firma verspäten würden und dass ich Platz nehmen sollte. 30 Minuten später wartete ich immer noch.

Meine Schuhspitzen klopften auf den Marmorboden. Ich beobachtete, wie die Leute im Sitzungssaal ein- und ausgingen. Jedes Mal, wenn sich die Türen öffneten, hörte ich

Gelächter. Jedoch sprach niemand darüber, wie man dieses Unternehmen retten könnte.

All das gefiel mir ganz und gar nicht. Ich würde einen neuen Geschäftspartner niemals warten lassen, schon gar nicht einen, der den Wert meines Unternehmens steigern würde. Ich wollte gerade in den Sitzungssaal stürmen und den Leuten meine Meinung sagen, als …

„Ms. Welch, man wird Sie jetzt empfangen."

Ich atmete tief durch und versuchte, mich zu beruhigen. Aber ich war immer noch ein wenig verärgert. Ich betrat den Konferenzraum in meinen High-Heels. Die Absätze klangen wie Kanonenschüsse auf dem Boden. Gut, ich ließ sie wissen, dass ich im Anmarsch war und ordentlich Munition hatte.

Die Tür zum Sitzungssaal schloss sich hinter mir. Keiner stand auf, um mich zu begrüßen. Zwei Männer saßen am Tisch und unterhielten sich miteinander.

„Guten Tag, meine Herren", sagte ich. Ich musste es wiederholen, deutlich lauter.

Sie sahen auf.

„Ms. Wells?"

„Welch", korrigierte ich.

Der Mann, bei dem ich mir sicher war, dass es sich um Mr. Jackson handelte, musterte mich mit lüsternem Blick. Lüstern, weil er auf meine Brüste fixiert war, die fest in meinem Business-Blazer steckten. Ein anderer Mann, der dem Foto entsprach, das ich von Mr. Roe gesehen hatte, hatte seinen Blick auf meine Beine geheftet, obwohl mein Rock nur bis knapp über die Knie reichte. Sie sahen kaum etwas von meiner Haut, warum also starrten sie mich an, als wäre ich ein Stück Fleisch, wo ich doch hier war, um ihrem Unternehmen zu helfen?

„Wollen wir beginnen?", fragte ich und wollte zum Beamer gehen, musste jedoch feststellen, dass es keinen gab.

„Wir haben fünf Minuten Zeit, um Ihr Angebot zu hören“, sagte Mr. Jackson.

„Fünf Minuten?“ Ich hatte eine dreißigminütige Präsentation über die Vorteile einer Fusion zwischen ihrem Unternehmen und Brookings vorbereitet.

„Die Uhr tickt.“ Mr. Roe zeigte auf seine Rolex.

Vielleicht hatte es ein Missverständnis zwischen unseren Büros gegeben? Es spielte keine Rolle. Das würde ich hinkriegen, schließlich war ich gut vorbereitet. Es wäre zwar besser mit einer PowerPoint-Präsentation, aber ich hatte alle Punkte auswendig gelernt.

„Wie Sie wissen, sind Bookings Corp. und Jackson and Roe, Inc. fast gleich groß und …“

„Wir sind eigentlich größer als Brookings“, unterbrach Mr. Jackson mich. „Das wüssten Sie, wenn Sie sich unseren letzten Beteiligungsbericht, der gestern erschienen ist, angesehen hätten.“

Da war ich mir jedoch nicht so sicher. Die letzten Finanzdaten, die ich vor zwei Tagen recherchiert hatte, belegten, dass sie in Schwierigkeiten waren. Niemand kann ein Schiff so schnell wieder auf Kurs bringen. Das musste eine Verhandlungstaktik sein. Alles musste Taktik gewesen sein – das Warten, der fehlende Beamer, dieser erfundene Bericht. Ich würde mich nicht aus der Ruhe bringen lassen. Dies war mein Tess-McGill-Auftritt, und die zwei Herren würden mich in Topform erleben.

Anstatt zu widersprechen, fuhr ich unbeeindruckt weiter. „Wir glauben, dass eine Fusion zwischen unseren beiden Unternehmen …“

„Fusion?“, schnaubte Mr. Roe. „Wir sind nicht daran interessiert, Paul Brooks zu retten, Ms. Wells. Wir gehören nicht zu den Männern, die Sie um den Finger wickeln können.“

„Wie bitte?"

„Sie sind so etwas wie eine Aussätzige in der Geschäftswelt von DC geworden", sagte Mr. Jackson. „Erst haben Sie Lester Porter kleingekriegt. Und nun haben Sie Paul Brooks am Haken."

„Der Mann kommt nicht aus einer reichen Familie, also lässt er sich offensichtlich von seinem Schwanz leiten."

Mir klappte die Kinnlade herunter. Dann klappte sie sofort wieder zu, als die beiden Männer meinen offenen Mund interessiert betrachteten.

„Wir sind ein Familienunternehmen", sagte Mr. Jackson. „Wir schlafen uns nicht durch Fusionen oder Übernahmen. Wir sind nicht daran interessiert, Brookings zu übernehmen."

„Brookings steht nicht zum Verkauf", erwiderte ich zähneknirschend und versuchte, mich einigermaßen zu beherrschen.

„Ach?", entgegnete Mr. Roe. „Warum sonst schickt Paul Brooks eine Frau, die er gerade eingestellt hat, um ein Geschäft dieser Größenordnung zu verhandeln?"

Weil er mir vertraut. Weil wir uns ähnlich sind. „Weil ich gut bin in dem, was ich tue."

„Bestimmt sind Sie das."

Ich machte einen Schritt auf den Tisch zu. Mein Absatz blieb an einem Haken im Bodenbelag hängen. Ich schwankte. Ich schaffte es, mich mit der Hand am Konferenztisch abzustützen, blamierte mich aber dennoch.

Alles war rot: Ich sah es, fühlte es, trug es. Es war so heiß im Zimmer, dass ich das Gefühl hatte, ich würde in Flammen stehen. Ich wünschte, ich hätte so viel Glück, dass sich ein Feuer entzünden und mich ganz verschlingen würde.

Am Tisch wurde hämisch gelacht. Die Männer starrten mich an und warteten darauf, dass ich zusammenbrach und verbrannte. Ich konnte gar nicht schnell genug wegkommen. Ich stolperte erneut, als ich aus der Tür stürmte. Als ich allein im Aufzug war, erlaubte ich mir etwas, was ich sonst nie tat.

Ich weinte.

19

Ich stieg in den erstbesten Linienbus ein, ohne zu wissen, wohin er fuhr. Als er sich weit genug von Jackson and Roe, Inc. entfernt hatte, stieg ich aus. Ich befand mich in einer unbekannten Gegend und wusste nicht, was ich tun und wohin ich mich wenden sollte.

Mein erster Gedanke war, Paul anzurufen. Aber das konnte ich nicht. Ich hatte ihn gerade im Stich gelassen, obwohl er mir vertraut hatte. Nein, er hatte mir nicht vertraut, er hatte gesagt, er zweifle nicht an meinen Fähigkeiten.

Meine anderen Fähigkeiten hatten sich eindeutig in der Geschäftswelt herumgesprochen. Man hatte das mit uns herausgefunden. Hatte jemand neulich an seiner Bürotür gelauscht? Vielleicht hatte jemand gesehen, wie er mich vor Jackson und Roe geküsst hatte? Verdammt, es könnte sogar jemand aus dem Club gewesen sein, der mitbekommen hatte, wie ich mit ihm ins Spielzimmer gegangen war.

Jetzt war alles, wofür ich gearbeitet hatte, all die Abende im Wirtschaftskurs, all die Tage, an denen ich für Lester geschuftet hatte, die zwei Wochen, in denen ich begonnen hatte, mir bei Brookings einen Namen zu machen, zunichtegemacht, weil ich mit meinem Chef geschlafen hatte.

Warum hatte ich nicht auf Kellie gehört? Ich hätte nicht zulassen dürfen, dass ein Schwanzträger meine Karriere bedroht. Jetzt waren sowohl mein Lebensunterhalt als auch mein Herz in ernster Gefahr.

Wie sollte ich jemals wieder meinen Kopf hochhalten können? Wie sollte ich jemals wieder ernst genommen werden?

Paul würde keine Probleme haben. Sie würden ihm wahrscheinlich auf die Schulter klopfen, weil er einen dummen Emporkömmling wie mich gevögelt hatte. Nur ging es mir nicht um Geld und Status.

Kaiden hatte recht gehabt. Ich tat es nicht wegen des Geldes. Was ich wollte, war Anerkennung in dieser brutalen Unternehmenswelt. Man hatte mir gerade die Kehle durchgeschnitten, weil ich meine Schenkel gespreizt hatte.

Ich nahm ein Taxi und ließ mich zum Büro zurückbringen. Aber als es vor Brookings hielt, konnte ich nicht hineingehen. Bestimmt hatten es mittlerweile alle erfahren. Nicht nur, dass ich den Boss gevögelt, sondern auch, dass ich den Deal vermasselt hatte.

Ich bog nach rechts. Dann nach links. Ich wusste nicht, in welche Richtung ich gehen sollte.

Ich wollte nicht nach Hause fahren und mich in Selbstmitleid suhlen. Ich konnte meine Freundinnen nicht anrufen. Sie würden mir nur sagen: *Wir haben dir doch gesagt, dass du nichts mit deinem Chef anfangen sollst.*

Ich fühlte mich so schwach. Ich wollte mich nur noch auf den Bürgersteig setzen und weinen. Meine Knie knickten ein, aber irgendwie fand ich dennoch die Kraft, mich aufrecht zu halten.

Was war mit mir los? Ich war doch keine schwache Frau. Das hier war ein Problem, und ich war gut darin, Probleme zu lösen. Das Erste, was ich tun musste, war, Paul zu erzählen, was passiert war.

Allerdings hatte er gesagt, dass er den ganzen Tag in Meetings sein würde. Er hatte gesagt, wir würden heute Abend feiern. Diese Feier würde nun in eine Verabschiedung umgewandelt werden müssen. Meine Verabschiedung.

Ich rief ein weiteres Taxi. Eine Fahrt nach Nord-Virginia würde mich eine Stange Geld kosten. Dank Kaiden, der eine Gehaltserhöhung durchgesetzt hatte, hatte ich keine Geldprobleme. Bis jetzt.

Das Taxi ließ mich an der Einfahrt zu Pauls Haus raus. Ich wusste den Code nicht, um Zugang zum Grundstück zu bekommen. Also stand ich da, starrte auf das Metallgitter des Tors und versuchte, mir einen Plan zusammenzulegen.

„Maree?"

Ich erschrak, als ich die tiefe Stimme hörte. Ich blickte auf und sah Sam in der Einfahrt hinter dem Tor des Nachbarhauses stehen.

Er öffnete es und kam zu mir herüber. „Gehst du zu Paul und Kaiden?"

Schuldgefühle überkamen mich. Wir waren nun schon fast eine Woche ohne ihn zugange gewesen. Aber ich hatte die ganze Zeit an ihn gedacht. Seine eisblauen Augen musterten mich, und Sorge zeichnete sich auf seinen hübschen Zügen ab.

„Sie sind noch nicht zu Hause. Ich kann ihre Auffahrt von meinem Bürofenster aus sehen."

„Wohnst du hier?", fragte ich.

„Nebenan. Warum bist du so traurig?"

Ich seufzte und schloss die Augen. „Ich hatte einen wirklich schlechten Tag auf der Arbeit."

„Hat Paul etwas getan, was dich verärgert hat?"

„Nein." Das Wort kam mit einem Schluchzen heraus.

Sam sagte nichts weiter. Er nahm mich in die Arme und

hob mich hoch. Ich war überrascht, denn er sah nicht so aus, als könnte er eine Frau hochheben und tragen.

Ich ließ mich von ihm halten. Ich rollte mich zusammen und legte den Kopf an seine Brust, während er mit langen Schritten vorwärts ging. Als ich wieder aufblickte, befand ich mich in einem Badezimmer, und Sam zog mich aus.

„Was tust du da?", fragte ich.

„Ich lasse dir ein Schaumbad ein. Frauen mögen Schaumbäder." Er betrachtete stirnrunzelnd den Schaum in der vollen Wanne. „Magst du auch Schaumblasen, Maree?"

„Ich mag Schaumblasen, Sam."

Er nickte, während er mich fertig entkleidete. Das Letzte, was er mir auszog, waren meine Schuhe. Ohne die Quelle meiner Kraft ließ ich mich in die Wanne fallen.

Dann war ich auf einmal im Himmel. Aus einem Schwamm wurde nach Vanille duftendes Wasser ausgedrückt und rann über meinen Rücken. Derselbe Schwamm schrubbte meine Schultern und löste jedwede Anspannung, die sich seit dem Verlassen der Stadt in mir festgesetzt hatte.

Sam wusch mich akribisch. Meine Ellbogen, meine Kniekehlen und meine Brüste. Als der Schwamm zwischen meine Beine glitt, griff ich nach ihm.

Sam lehnte sich nach hinten und schüttelte den Kopf. „Lass mich dich aufmuntern, Maree. Ich mag es nicht, wenn du traurig bist."

Ich nickte und ließ zu, dass er mich weiter wusch. Er beobachtete mein Gesicht und schenkte meinem Körper kaum Aufmerksamkeit. Das war eben seine Art. So wusste er, dass das, was er mich fühlen ließ, echt war.

Sam hob meinen glitschigen Körper schließlich aus der Wanne. Ich machte sein Hemd ganz nass, aber das schien ihn nicht zu stören. Er wickelte mich in ein Handtuch und trug mich ins Zimmer nebenan, das von einem Bett dominiert wurde.

Ein Fenster stand offen. Als ich hinausschaute, konnte ich das Nachbarhaus sehen. Pauls Haus. Das Fenster, durch das ich sah, kam mir bekannt vor. Es war das Schlafzimmer, in dem ich ein ganzes Wochenende mit Paul und Kaiden verbracht hatte.

„Du hast zugesehen?", fragte ich.

Sam antwortete nicht. Er legte mich aufs Bett und entfaltete das Handtuch, als ob er ein Geschenk auspacken würde.

Er stellte einen Karton aufs Bett und öffnete den Deckel. Darin befand sich ein neues Modell des Spielzeugs, an dem er gearbeitet hatte. Zusätzlich zu der Zunge und den vibrierenden Kugeln gab es einen neuen Aufsatz. Jetzt befand sich ein Dildo in der Mitte.

Ja, er hatte in jener Nacht zugesehen, als Paul in mich eingedrungen war und Kaiden seinen Mund auf meine Klitoris gelegt hatte.

„Soll ich dich festbinden?"

Ich schüttelte den Kopf. Dann hob ich die Hände und spreizte meine Schenkel für ihn. „Sag es, Sam!"

Sam lächelte mich an. Es war das erste Mal, dass ich diesen Mann lächeln sah. Mit seinem blassen, weißen Haar und seinen strahlend blauen Augen sah er aus, als käme er aus einer anderen Welt. Ein böser Schnee-Engel, der gekommen war, um mich in die eisige Kälte des Nordpols zu locken.

„Du kannst so viele haben, wie du brauchst", erwiderte er.

Sam brachte mich immer und immer wieder zum Höhepunkt, wobei er seine Augen nicht von mir ließ. Jeder Orgasmus fühlte sich tiefer an als der Vorherige, bis ich kaum noch meine Beine oder meine Augen offenhalten konnte.

Als das Summen aufhörte und das göttliche Spielzeug verstummte, schaute ich zu Sam hinüber und sah, wie er sich auszog. Er hatte den Körper eines Mannes, der Gewichte gestemmt und nicht den ganzen Tag an Spielzeugmotoren herumgebastelt hatte.

Sam legte sich zwischen meine Schenkel. Seine Erektion war gewaltig. Als er das Kondom überzog, befürchtete ich, dass es reißen würde. Zum Glück passte es.

Dann war er in mir. Ich verkrampfte mich, als Sam mein immer noch pulsierendes Inneres ausfüllte. Er wartete, während ich mich an ihn anpasste. Wieder bohrte sich sein Blick in meinen, beobachtete jeden meiner Atemstöße, jeden Schlag meiner Wimpern.

Er begann sich zu bewegen, in einem langsamen, gleichmäßigen Rhythmus. Ich glaubte nicht, dass ich noch einmal zum Höhepunkt kommen könnte. Mit Sam in meinem Körper, in meinem Geist und jetzt auch in meinem Herzen spürte ich den Orgasmus wie einen Güterzug auf mich zurasen.

Beim Aufprall zitterte mein gesamter Körper, von meinem Bauch bis zu den Fingerspitzen und hinunter zu meinen Zehen. Sams Gesicht verzerrte sich in purer Ekstase. Er schloss die Augen nicht, als er kam. Er hielt sie auf mich gerichtet, um mir die Wirkung meines Körpers auf ihn zu zeigen, dass das, was er fühlte, echt war.

Er sackte neben mir zusammen und zog mich an seine Brust. „Bist du immer noch traurig, Maree?"

„Nein, Sam. Ich bin nicht mehr traurig. Ich danke dir."

Er drückte mir einen Kuss auf die Schläfe und schloss die Augen.

Ich wusste, dass alles gut werden würde. Ich hatte nur keine Ahnung, wie.

20

Als ich aufwachte, war ich allein. Aber Sams Duft war überall zu riechen, und ich fühlte mich sicher und geborgen. Die vielen Orgasmen und der gute Schlaf hatten mir ebenfalls gutgetan.

Ich wusste, was ich zu tun hatte.

Ich schlüpfte in meine Kleidung von gestern und suchte nach meinen Schuhen. Ich sah etwas desolat aus, aber das war mir egal. Mein Ruf war zerstört. Niemand würde heute auf meine Kleidung achten. Als ich einigermaßen ordentlich aussah, ging ich zur Schlafzimmertür und öffnete sie. Da hörte ich Stimmen aus dem Erdgeschoss.

„Du hast sie zum Weinen gebracht." Das war die Stimme von Sam.

„Sie hat geweint?" Pauls tiefe Stimme klang ungläubig. „Warum sollte sie weinen? Sie ist die stärkste und kompetenteste Frau, die ich kenne."

„Es müssen Jackson und Roe gewesen sein", vermutete Kaiden.

„Ich habe nichts von ihnen gehört", erwiderte Paul. „Oder von ihr. Ich dachte, sie sei nach Hause gefahren."

„Wir haben nachgesehen, aber sie war nicht da", sagte Kaiden. „Wir haben uns die ganze Nacht Sorgen gemacht. Lass uns zu ihr gehen, Sam."

Ich durfte nicht zulassen, dass sie mich sahen. Nicht, bevor ich dieses Problem gelöst hatte. Nicht, bevor ich wieder die starke und kompetente Frau war, für die Paul mich hielt. Die Frau, die ich selbst behauptet hatte zu sein.

Ich schlich den Flur und die Treppe hinunter und entdeckte eine Hintertür. Draußen angekommen, erkannte ich mein nächstes Problem. Ich brauchte einen Fluchtwagen. Ich konnte hier nicht auf ein Uber warten. Sie würden es bestimmt bemerken, wenn ich in ein fremdes Auto stieg.

In diesem Augenblick sah ich Kaidens Sportwagen. Und wer hätte es gedacht, der vertrauensselige Trottel hatte die Schlüssel im Zündschloss stecken lassen. Ich sprang hinein und ließ den Motor an. Bevor ich das Ende der Auffahrt erreichte, sah ich die drei in meinem Rückspiegel, wie sie in der Tür standen.

Ich sehnte mich danach, zu ihnen zurückzukehren. Um ihnen zu zeigen, dass es mir gut ging, dass ich nicht mehr traurig war. Aber ich musste das erst in Ordnung bringen. Also raste ich zurück in die Stadt. Ich hielt erst an, als ich vor Jackson and Roe, Inc. stand.

Ich ging an der protestierenden Sekretärin vorbei und direkt in den Sitzungssaal. Es spielte keine Rolle, dass ich die Kleidung von gestern anhatte. Es spielte keine Rolle, dass ich kein Make-up trug. Oder dass meine Haare aussahen, als hätte man mich auf sechs verschiedene Arten gefickt. Denn das hatte man auch. Und ich schämte mich nicht dafür.

„Ms. Wells ..."

„Ich heiße Ms. Welch. Sie sollten sich den Namen besser merken, da ich wahrscheinlich bald Ihre neue Chefin sein werde."

Sowohl Jackson als auch Roe lachten aus vollem Halse.

Ihr Lachen brachte ihre Bierbäuche zum Beben, die sie sich wahrscheinlich durch zu viel und zu fettes Essen zugelegt hatten. Sie würden vermutlich nicht mehr lange genug leben, damit ich sie herumkommandieren könnte.

„Sie haben neulich geblufft", fuhr ich fort. „Ihre Finanzen sind zwar solide, aber seit zwei Jahren gibt es kein Wachstum mehr. Sie brauchen eine Kapitalspritze, die Sie auf die nächste Stufe bringt. Die Brookings Corp. kann Ihnen helfen, wenn Sie von Ihrem hohen Ross herabsteigen und mitspielen. Wenn nicht …"

Ich breitete die Hände aus und ließ das Satzende bewusst offen, damit sie ihn selbst beenden könnten. Das taten sie auch, allerdings mit Schimpfwörtern. So viel zu ihrem Ruf als Familienunternehmen …

Mr. Jackson knallte seine plumpen Hände auf den Konferenztisch. „Ich werde nicht hier sitzen und mir so etwas von Ihnen anhören!"

„Wenn Sie Ihr Unternehmen retten wollen, werden Sie das tun müssen", erwiderte ich. „Mit ‚Ihr Unternehmen retten' meine ich jedoch keine Fusion. Das war das Angebot von gestern. Heute ist es eine Übernahme, denn ich zweifle mittlerweile an Ihrer Eignung, im besten Interesse Ihrer Mitarbeiter zu handeln."

„Dazu haben Sie keine Befugnis!", schimpfte Mr. Roe. „Nicht als seine Geliebte."

„Ich bin klug genug, die Zahlen selbst zu interpretieren. Nicht, weil ich meinen Chef ficke. Und auch den Geschäftspartner meines Chefs ficke. Und einen anderen Mann ficke, der Sie wahrscheinlich alle aufkaufen könnte. Also denken Sie über mein Angebot nach. Oder auch nicht. Ich habe noch nie eine feindliche Übernahme gemacht. Aber ich lerne schnell."

„Sie Schlampe …"

„Wie bitte? Wie haben Sie meinen Senior Executive gerade genannt?"

Ich fluchte lauthals angesichts dieser Unterbrechung. Als ich mich umdrehte, sah ich nicht nur Paul in der Tür stehen, sondern auch Kaiden und Sam.

„Mr. Brooks? Mr. Louis und … Sam Kringle?", fragte Mr. Jackson ungläubig und erhob sich von seinem Stuhl. „Wir haben Sie nicht erwartet."

„Ich hätte nicht gedacht, dass ich hierherkommen muss", erwiderte Paul, „da ich meine beste Mitarbeiterin zur Verhandlung geschickt habe. Aber da Sie ja nicht an einer partnerschaftlichen Fusion interessiert sind …"

„Nein, nein!" Sowohl Roe als auch Jackson hielten die Hände hoch, als wollten sie den aufkommenden Sturm abwehren.

„Ms. Welch hat nur die Details einer partnerschaftlichen Zusammenlegung von Vermögenswerten dargelegt", betonte Jackson.

„Es war nicht mehr partnerschaftlich, als Sie unsere Kollegin als Schlampe bezeichneten", sagte Kaiden.

Die beiden Männer tobten und schimpften, bis Paul die Hand hob. Sofort trat absolute Stille ein.

„Gehen Sie jetzt bitte, während wir das weitere Schicksal dieses Unternehmens besprechen", sagte Paul. „Unsere Entscheidung wird stark von der Meinung von Ms. Welch abhängen."

Die beiden Männer erhoben sich auf wackeligen Beinen. Mr. Jackson wäre fast zusammengebrochen, bevor er die Tür erreichte.

„Und, meine Herren", sagte Paul. „Wenn Sie jemals wieder über mein Sexualleben oder das meiner Partner sprechen, als ginge Sie das etwas an, haben Sie kein Geschäft mehr."

Die Tür schloss sich, und ich hatte drei Männer vor mir, die nicht sehr glücklich aussahen. Wahrscheinlich, weil ich sie gerade in die Pflicht genommen hatte, ein millionenschweres Unternehmen aufzukaufen. Es war ein Bluff gewesen. Ich hatte nicht damit gerechnet, dass sie auftauchen und ankündigen würden, meine Drohung wahrzumachen.

„Ich hatte das unter Kontrolle", sagte ich.

„Du hättest mir erzählen sollen, was passiert ist", erwiderte Paul.

„Du hast mir vertraut, dass ich es schaffe."

„Um einen Deal zu verhandeln, nicht, um dich mit frauenfeindlichen Arschlöchern abzumühen. Das steht nicht in deiner Stellenbeschreibung. Wenn dich jemand so behandelt, kommst du zu mir."

„Nein", entgegnete ich und stampfte mit dem Fuß auf.

„Nein?", fragten alle drei.

„Hört zu, wenn ihr mich im Schlafzimmer herumkommandieren wollt, ist das in Ordnung. Ich bin damit einverstanden. Aber im Sitzungssaal bin ich der Boss."

„Ganz schön dominant, was?", sagte Kaiden und kam auf mich zu. „Hast du denn genügend Millionen für diesen Kauf? Denn es sieht so aus, als hättest du mich gerade ein paar davon gekostet."

„Sie werden das Fusionsgeschäft annehmen", beharrte ich. „Das war nur ein Bluff. Ich habe nur so getan."

Sam schüttelte den Kopf. „Du bist keine, die nur so tut, Maree."

„Sie haben mir geglaubt."

„Es ist uns egal, was sie denken." Paul schüttelte den Kopf. „Wir kaufen sie auf."

„Jackson and Roe, Inc. ist nicht so viel wert", protestierte ich. „Ich habe es durchgerechnet."

„Jetzt fängst du schon wieder mit dem Thema Wert an, schöne Maree. Es geht nicht um sie. Es geht um dich. So viel bist du uns wert."

Ich schluckte. Erneut stachen mir Tränen in die Augen.

Ich konnte mich nicht erinnern, wann ich das letzte Mal zwei Tage hintereinander geweint hatte. „Ich?"

Kaiden seufzte, als er sich hinter mich stellte und seine Hand in meinen Nacken legte. „Du weißt, was ich davon halte, mich wiederholen zu müssen. Erinnerst du dich?"

„Ja, Sir."

„Zwing mich nicht, es noch einmal zu sagen."

„Ja, Sir."

„Sag uns, dass du es wert bist."

Ich sah mich im Raum um und betrachtete die drei Gesichter, die mir zugewandt waren. Mein Herz klopfte so schnell, dass ich fürchtete, ich würde ohnmächtig werden. Ich wusste jedoch, dass mich in diesem Fall drei Paar Hände auffangen würden.

„Ich bin es wert."

„Stelle deinen Wert für uns noch einmal in Frage, und ich werde dich übers Knie legen. Und jetzt rauf auf den Tisch!"

„Was?", fragte ich.

Paul schüttelte den Kopf und tadelte: „Du weißt doch, dass er sich nicht gerne wiederholt."

Kaiden schnallte seinen Gürtel ab. Paul lockerte seine Krawatte. Sam setzte sich ans Kopfende des Konferenztisches.

„Das könnt ihr nicht … Das können wir nicht tun!", protestierte ich und wich zurück, als sie mich an den Konferenztisch drängten. Dessen Kante stieß gegen meinen Hintern und verriet mir, dass er die perfekte Höhe für das hatte, was sie offensichtlich vorhatten.

„Wir haben ihn gerade gekauft", sagte Kaiden. „Wir werden ihn benutzen. Und jetzt beug dich über den Tisch, schöne Maree."

„Was, wenn man uns hört?", fragte ich.

„Oh, man wird uns bestimmt hören", erwiderte Kaiden.

„Sie werden alle genau wissen, wem du gehörst, wenn du unsere Namen schreist."

Kaiden streckte die Hand aus. Paul legte seine Krawatte in Kaidens Handfläche. Ich betrachtete den Gürtel in Kaidens einer Hand und die Krawatte in seiner anderen.

„Maree?"

„Ja, Sir?"

„Willst du ungehorsam sein?"

„Nein, Sir."

Kaiden hob die Braue, und ein haifischartiges Grinsen breitete sich auf seinem Gesicht aus.

Paul lächelte, als sich seine Schultern entspannten und das Gewicht der Welt von seinem Körper abfiel.

Sam stützte das Kinn auf die Hand, während er mich betrachtete, mir direkt in die Augen sah und jedes Aufflackern von Lust registrierte.

Ich streckte Kaiden meine Handgelenke entgegen. Er band meine Hände mit Pauls Krawatte zusammen. Dann drehte er mich um und band meinen rechten Knöchel mit seinem Gürtel an ein Tischbein und meinen linken Knöchel mit Pauls Gürtel an ein anderes Tischbein.

Ich legte meinen Oberkörper auf den Tisch im Sitzungssaal, während sie meinen Rock anhoben und mein Höschen herunterzogen. Ich drehte den Kopf so, dass ich Sam direkt in die blauen Augen sehen und meine Lust mit ihm teilen konnte.

Getreu seinem Versprechen sorgte Kaiden dafür, dass ich bei jedem Höhepunkt ihre Namen schrie. Ich hatte keine Ahnung, wie oft ich kam. Sam hatte keine Zahl genannt. Sie gaben mir einfach so viele, wie ich brauchte, um die Wahrheit zu begreifen: dass ich ihnen gehörte.

Und sie gehörten mir.

Als sie mich losbanden, waren meine Beine nicht mehr zu gebrauchen. Paul richtete meinen Rock zurecht. Kaiden fuhr mit den Fingern durch meine Haare, bis meine verirrten Strähnen aus meinem Gesicht gestrichen waren. Sam nahm mich in seine starken Arme und trug mich aus dem Raum. Wir ignorierten die Menschenmenge, die rasch in alle Richtungen davonstob.

Als sie mich ins Auto setzten, kuschelte ich mich auf dem Rücksitz an Pauls Brust. Er drückte mir einen Kuss auf die Schläfe und zog mich an sich. Sein schlanker Körper war so weich wie ein Kissen, als wir uns aneinanderschmiegten.

„Es ist Freitag", sagte ich. „Gehen wir heute Abend in den Club?"

„Warum?", fragte Kaiden. „Wir haben doch alles, was wir brauchen, zu Hause."

Ich schloss die Augen und gab mich der Anwesenheit dieser drei Männer hin, die mich zwar herumkommandierten, mir aber genug vertrauten, um Geschäftliches selbst zu regeln.

Es geht nichts über das Gefühl einer Lederpeitsche auf meiner Haut; das gehauchte Versprechen der Riemen, ein Stechen und Brennen darauf zu hinterlassen. Ich spreize meine Schenkel und lasse mich von der Peitsche dort küssen, wo ich so stark pulsiere, dass mir ein Schlag den Rest geben würde.

Anstelle dieses Schlags erlebte ich jedoch ein Vakuum. Ich öffnete die Augen und sah, wie die Riemen der Peitsche träge vor meinem Gesicht hin und her baumelten, anstatt auf meine Haut einzuschlagen. Ich machte große Augen, als Master Cornelius das göttliche Foltergerät hinter seinem Rücken verbarg.

„Aber … Aber ich war doch ein braves Mädchen!", protestierte ich.

Ich hob den Kopf von der Bank und zuckte zusammen, als meine Brustwarzen das weiche Leder meines Outfits berührten. Sie waren so hart, dass sie nur noch ein wenig Aufmerksamkeit gebraucht hätte, und ich wäre gekommen. Verdammt, jeder Teil meines Körpers brauchte nur einen weiteren Schlag von Master Cornelius, und ich würde eine Riesenpfütze auf dem Boden verursachen.

„Deine Zeit ist abgelaufen, Josephine.“

Unmöglich. Es waren doch noch keine 30 Minuten vergangen. Oder doch?

Ich schaute auf die Uhr an der Wand. Im schummrigen Licht des Clubs war zu sehen, dass der große Zeiger auf halb stand. Das bedeutete in der Tat, dass Master Cornelius' geschickte Hände mit mir fertig waren. Es sei denn …

„Es sei denn, du willst weiter verhandeln“, sagte er grinsend.

Das Gesicht von Master Cornelius würde Luzifer vor Neid erblassen lassen. Seine Wangenknochen konnten mit den Gipfeln des Grand Canyon konkurrieren. Seine schwarzen Haare erinnerten mich an die Federn einer Krähe. Der Mann war Sex am Stiel. Besser noch, er war Sex mit einer Peitsche. Einer herrlichen Peitsche mit roten und schwarzen Riemen, die wie Flammen aussahen.

Der Deal, den er mir anbot, war ein Pakt mit dem Teufel. Der Mann wollte meine Seele. Ich erkannte das an der Beule in seiner Hosentasche. Das war ein Seelenfänger, besser bekannt als Halsband – die Art eines Doms, jemanden an sich zu binden.

Wir spielten bereits seit ein paar Monaten miteinander. Er war der längste Spielpartner, den ich je gehabt hatte, seit …

Ich schüttelte den Kopf, bevor ich mich in den Erinnerungen verlor. Ich musste aufhören, dieses Katz-und-Maus-Spiel mit Master Cornelius zu spielen. Wenn der Mann eine gewöhnliche Hauskatze wäre, könnte ich vielleicht entkommen. Aber Master Cornelius war ein Löwe.

„Willst du mehr … Zeit, Josephine?“

Mein schmerzender Kitzler schrie *Ja*. Meine gereizten Brustwarzen flehten *Bitte*. Mein pochender Hintern, an dem die Schnüre der Peitsche die meiste Zeit verbracht hatten, flehte mich an, den Forderungen des Mannes nachzugeben.

Ich setzte mich auf und zuckte zusammen, als mein Arsch das kühle Leder der Bank berührte. „Nein, danke, Sir. Alles gut.“

Master Cornelius widersprach nicht. Er warf mir nicht vor, dass ich nur geblufft hatte. Er nickte nur und steckte seine Peitsche weg.

Ich schniefte, als ich sah, wie das schöne Gerät in seinem Kasten verschwand. Ich redete mir ein, dass ich nicht zurückkommen würde, um wieder mit ihm zu spielen. Aber das war eine Lüge. Ich würde wiederkommen.

„Brauchst du noch etwas von mir, Josephine?“

Ich erlaube niemandem, mit dem ich spiele, sich im Nachgang um mich zu kümmern. Das ist mir zu intim. Intimität ist nicht das, was ich suche, wenn ich in den Club komme.

Ich will nur spielen. Von einem Mann benutzt werden, der weiß, was er tut. Auf die Knie gehen, meinen Arsch heben und mich der Lust hingeben. Aber nur zu meinen Bedingungen. Wenn alles wieder vorbei war, wollte ich die Autonomie, die ich freiwillig abgegeben hatte, wieder in den Händen halten. Einige Doms hatten Probleme mit der Rückgabepolitik.

Master Cornelius war die schlimmste Art von Dom. Er stellte keine Forderungen. Er stellte keine Ultimaten. Er spielte einfach so gekonnt, so geschickt, dass eine Sub nicht mehr darum bat, ihre Eigenständigkeit zurückzubekommen, sondern alles in seine kundigen Hände gab.

Selbst jetzt hatte ich das Gefühl, dass ein Teil von mir zusammen mit seiner Peitsche in diesem Kasten verstaut worden war. Und egal, wie oft ich sie anflehte, sie solle sich gefälligst wieder mir widmen, sie tat es nicht. Wenn ich weiter mit diesem Mann spielte, würde ich noch mehr von mir verlieren.

Ich sollte das verhindern, indem ich mit jemand anderem spielte. Aber das hatte ich schon versucht. Es gab sonst niemanden im Club, der Master Cornelius' Fähigkeiten besaß. Und ich brauchte einen Mann mit seinen Fähigkeiten, der mir half, mich von meinem stressigen Berufs- und Privatleben außerhalb des Clubs zu erholen, und der mich im Club zum Kommen brachte. Er durfte mich einfach nur nicht an sich binden. Ich war nicht dazu geschaffen, einem Mann zu gehören.

Ich hatte es schon einmal versucht. Es war eine Katastrophe gewesen, die ich nicht wiederholen wollte. In dem Jahr seit diesem unerfreulichen Vorfall hatten zwei andere Doms versucht, mich an sich zu binden. Ich hatte höflich Nein gesagt. Als das nicht funktioniert hatte, war ich gezwungen gewesen, ein Safeword zu benutzen, und hatte nie wieder mit ihnen gespielt.

Das war ein großer Verlust gewesen. Ich wollte nicht aufhören, mit Master Cornelius zu spielen. Ich wollte nur nicht ihm gehören. Oder sonst jemandem.

Ich wünschte, ich könnte mit einem Schild herumlaufen, auf dem *Spiel mit mir, aber ich bin nicht dein Eigentum* steht. Aber das würde wahrscheinlich nicht zu meinen Outfits passen. Schade, dass ich nicht mit einem falschen Dom herumlaufen kann, der das für mich tut.

Moment mal … Wer sagt, dass ich das nicht kann?

* * *

Lassen Sie sich nicht entgehen, was passiert, wenn Josie einen falschen Dom anheuert, um Master Cornelius und ihren Ex-Dom in die Schranken zu weisen, in
„Meister der Ekstase", Band 2 der „Ihre Herren & Meister"-Reihe!

Ines Johnson liebt Märchen, Sagen und Mythen. Sie überträgt diese Geschichten aus längst vergangenen Zeiten in die Welt von heute und schreibt Bücher, in denen Burgfräulein für Unruhe sorgen, Prinzessinnen Schwerter schwingen und Mütter die Welt retten.

Tragen Sie sich in ihre Mailingliste ein und erhalten Sie Benachrichtigungen und kostenlose Leseproben unter https://ineswrites.com/ReaderGroup. Oder folgen Sie ihr auf Facebook: https://ineswrites.com/FacebookReaders